# ESCURIDÃO DOS INOCENTES

Catalogação na Fonte
Elaborado por: Josefina A. S. Guedes
Bibliotecária CRB 9/870

| | |
|---|---|
| | Soares, Tottó |
| S676e<br>2023 | Escuridão dos inocentes / Tottó Soares. – 1. ed. – Curitiba: Appris, 2023.<br>106 p. ; 23 cm. |
| | ISBN 978-65-250-5188-8 |
| | 1. Ficção brasileira. 2. Comédia. 3. Histórias de aventura. I. Título. |
| | CDD – 153.7 |

Editora e Livraria Appris Ltda.
Av. Manoel Ribas, 2265 – Mercês
Curitiba/PR – CEP: 80810-002
Tel. (41) 3156 - 4731
www.editoraappris.com.br

Printed in Brazil
Impresso no Brasil

TOTTÓ SOARES

# ESCURIDÃO DOS INOCENTES

## FICHA TÉCNICA



SUPERVISOR DA PRODUÇÃO Renata Cristina Lopes Miccelli

ASSESSORIA EDITORIAL Miriam Gomes

REVISÃO Simone Ceré

DIAGRAMAÇÃO Renata Cristina Lopes Miccelli

CAPA Julie Lopes

*Dedico esta obra particularmente ao povo guerreiro ucraniano,*
*que o espelho da liberdade reflita sobre nós a ânsia do amor*
*pela nossa pátria de maneiras racionais.*

# SUMÁRIO

# PRÓLOGO

No mundo corrupto em que vivia Silvana, ela se deturpou, despertando em si a perversidade oculta em sua mente. No entanto, por mais perdida que se encontrasse nas trilhas pervertidas do submundo do crime, ela nunca se deixou corromper. Embarquem na saga de Loba, Lóris e Susumu, e vivam momentos inesquecíveis das trilhas de Loba.

# INTRODUÇÃO

No início dos anos 80, as famílias mafiosas do planeta estavam todas agitadas, a irmandade dos chacais, a mais poderosa de todas, estava prestes a declarar guerra contra as máfias italianas, a esposa e a filha do chefão dos chacais haviam sidas mortas na Itália, esse incômodo durou por dezoito longos meses, gerando um prejuízo incalculável para as irmandades dos gângster; para frear a decadência, em uma reunião internacional, o colombiano Escobar entrou em um acordo que os chacais seriam indenizados por trezentos milhões de dólares, e que ele próprio daria cinquenta por cento, as outras famílias, diante dessa proposta, aceitaram e pagaram os chacais. Vinte e cinco anos passaram-se, e a paz está prestes a ir por água abaixo pelo motivo que o filho único herdeiro dos chacais e sua esposa foram cruelmente assassinados em solo japonês. Para evitar a guerra, os representantes das famílias mafiosas internacionais se encontram no Brasil, onde está o QG dos chacais, para tentarem entrar em um acordo, porque na certa essa guerra trará muitos prejuízos e baixas, e poderia respingar a sede de vingança dos chacais, há tempo adormecida, sobre as organizações italianas. Os chefes que no Brasil se encontravam estavam tensos e de luto, esperando o corpo do herdeiro e de sua esposa que estavam vindo... em voo particular, acompanhado pelo chefão da Yakuza.

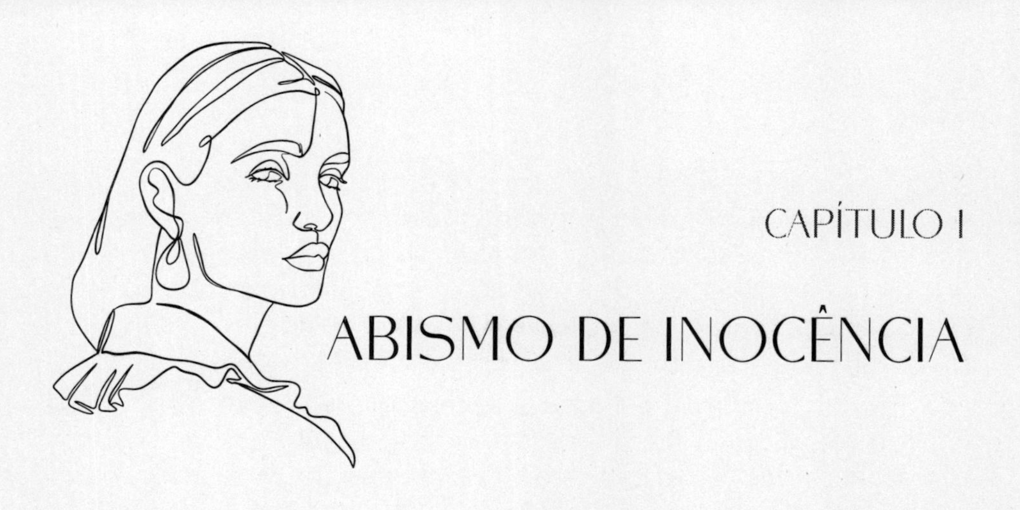

# CAPÍTULO I

# ABISMO DE INOCÊNCIA

Rio de Janeiro, 18 de abril de 2005, em um casarão português conhecido no mundo do crime como Beco escuro da vovó, ou seja, quartel general dos chacais. Um inferno tenso de agitações dominava o Beco até que uma chamada telefônica anônima foi dada para o celular do titular do QG, uma mulher entorpecida de ódio confessou que seu amante era um dos chefes dos babuínos, e o mesmo tinha decretado a sentença de morte para o herdeiro dos chacais, e que o seu nome era Pantoja major da polícia militar do Rio de Janeiro, afirmou que ele naquele exato momento se encontrava em um bar acompanhado de alguns amigos, em tal endereço.

Algum tempo depois, afastado a cinco quarteirões do Beco escuro da vovó, em uma lanchonete de nome Frutos da Eva, na zona sul do Rio de Janeiro precisamente às 8h13 da manhã de um sexta-feira, uma linda garçonete entregava na mesa dezoito uma bandeja contendo uma mercadoria fora do padrão do nível daquele ambiente caro, três ovos inteiros crus, tripas de porco moídas fritas apimentadas com bastante alho, cebola crua e um pão médio massa grossa acompanhado de um copo de suco de laranja misto com limão, sem açúcar e gelado, para uma menina parda solitária de cabelos encaracolados negros, com nítidas mechas brancas, de treze anos de idade, ela se encontrava em seu estado natural, porém seu olhar lívido de fome, fitou os olhos da garçonete e agradeceu de maneira errante:

— Na minha velhice, mandarei você buscar a morte, que até tu voltares com a senhora da foice, meu bem, a medicina já encontrou cura para os meus sofrimentos — a jovem garçonete, hilariante, transparecia nitidamente o trasbordar de que estava de bem com a vida, porém, ao entregar a bandeja, sussurrou baixinho no ouvido da adolescente:

— Eis aqui, amor, a vossa gororoba, coisinha selvagem, só um ser bruto como você para ingerir tal coisa esta hora da manhã, esse teu pseudônimo de Loba, caiu bem — a menina passou a língua no rosto da garçonete de maneira não inocente, ao mesmo tempo que quebrou um dos ovos na beira do copo, ao derramar o conteúdo do ovo na sua boca, sussurrou baixinho no ouvido da garçonete coisas sombrias:

— Mor, eu não sou canibal, mas eu chupo até teus ossinhos, coisinha fofa — a garçonete beijou o rosto da menina, e nos fúlgidos dos olhos no engraçado sorriso, se retirou para mesa vinte e cinco para atender um casal recém-chegado acompanhado de seus dois filhos.

— Sim, que vão querer? — perguntou a garçonete ao casal, e o homem que estava acompanhado de sua esposa e seus dois filhos, com o cardápio na mão respondeu o que ele e seus filhos queriam, enquanto sua esposa observava a mesa dezoito e constatou que a ocupante da mesa tirava da tigela fumacenta uma boa quantidade da tripa moída com uma colher para em seguida colocar dentro de um pedaço do pão, e começou a devorar de maneira selvagem. Então a senhora falou para garçonete:

— Eu, particularmente, quero o mesmo daquela menina ali — falou a senhora apontando o indicador para mesa dezoito, então respondeu em seguida a garçonete:

— Impossível, afinal, vocês moram aonde!? Não existe um ser humano na face da terra para comer o que a Loba está comendo a essa hora da manhã, por outro lado esse angu que ela está comendo a gente não serve aqui, infelizmente o avô dela é dono dessa luxuosa lanchonete. A senhora da mesa vinte e cinco voltou novamente o seu olhar para menina, e viu que ela estava assoviando uma estranha pálida canção, ao mesmo tempo que quebrou dois ovos com a colher e derramou o seu conteúdo dentro do copo, começou a mexer, misturando os ovos no suco, para em seguida levantar-se da sua cadeira e abocanhar de maneira nada educada mais um pedaço do pão. A adolescente, em pé, olhou para senhora da mesa vinte e cinco e, ao ver que ela estava de boca aberta observando-a, de um jeito pervertido, deu uma piscada para a senhora, passando a língua nos lábios de maneira obscena, em seguida ingeriu uma grande quantidade do conteúdo que estava no copo e voltou a sentar em sua cadeira. A senhora esfregou as mãos uma na outra, ao mesmo tempo que falou para a garçonete:

— Babara, louca, amei, quero também esse troço!

Como de praxe, a menina depois que lanchou se benzeu, e fez as suas sagradas orações em silêncio, olhos ocultos observavam tudo, em seguida, um curto assovio Atenor foi dado e suas ondas sonoras invadiram o espaço aéreo da luxuosa lanchonete Frutos da Eva de ponta a ponta, despercebido por todos que se encontravam naquele Ambiente caro, mas não pela garçonete, que saiu disparadamente para a mesa dezoito, abandonando os clientes da mesa vinte cinco, a adolescente meteu a mão na sua bolsa, e tirou duas notas de alto valor comercial, e entregou nas mãos da garçonete, porém lhe advertiu, reclamou sem razão, e por fim ainda tirou sarro da cara da pobre garçonete:

— Uma para você e outra para o cozinheiro, ah, manda o veado do cozinheiro colocar mais alho e pimenta, porque hoje essa comida estava uma porcaria que nem cachorro comeria, e vê se retoca a tua maquiagem, porque tu hoje, amor, está igual uma macaca atirada! — a garçonete se balançou toda, ao mesmo tempo que entocava a sua benção e a do cozinheiro em bolso oculto, e saiu feliz como uma bailarina. Enquanto que a sua cliente top pegou a tigela com o pedaço de pão restante e caminhou até a mesa vinte cinco, muitos olhares baixos ficaram a vigiar seus passos, ela entregou a tigela que continha uma boa quantidade de tripas moídas, junto com um pedaço de pão nas mãos da senhora da mesa vinte cinco, a adolescente baixou a cabeça e afastou carinhosamente os cabelos castanhos compridos da inocente senhora, para em seguida enfiar a ponta da língua morna e serpentear no ouvido da mesma, e lhe sussurrou baixinho coisas sem nexo, a mulher se arrepiou, se molhando toda com os dizeres pervertidos da adolescente:

— Ti como beijando, faço da minha língua um pincel nessa tua porra — amenina falou e se retirou. Quando que o homem, sorrindo, perguntou para sua esposa:

— O que ela te falou que te deixou assim? — sua linda senhora fez caretinha engraçada, ao mesmo tempo que lambia as pontas dos dedos melados do conteúdo da tigela fumacenta e lhe respondeu:

— Coisas de mulher, amor, coisas de mulher.

Momentos depois, a adolescente se esbarrou com uma amiga de infância, que lhe deu informações que desaguaram toda a paz da sua vida, foi viver em solos inférteis, cujo horizonte não havia nem uma esperança de um futuro promissor. Porém, permitiu a si mesma a trilhar seu caminho.

— Loba, a irmandade pegou um dos envolvidos na morte dos teus pais, e levaram-no hoje de madrugada para o Beco — os olhos da menina encheram-se de ódio, para em seguida indagar sua pobre amiga de maneira sólida:

— Quem é o filho da puta? Foi o vosso pai que falou?

— Sim, eu ouvi o meu pai falando para minha genitora. Te asseguro que o carinha é um oficial da polícia militar, ele e seus camaradas vão pagar caro, o que fizeram com o herdeiro do teu avô. Não diga que eu te falei nada, porque na certa eles matariam meu pai e toda nossa família — sua amiga acariciou de forma carinhosa o rosto dá informante, ao mesmo tempo que olhava profundamente nos glaucos dos seus olhos, lhe respondeu:

— Nunca, eu jamais seria ingrata contigo, Mara, se eu sumir, não te preocupe talvez eu vá fazer uma peregrinação — em seguida Loba beijou o rosto da amiga e se retirou.

Enquanto isso a três quarteirões do Fruto da Eva em um casarão português, ou seja, no Beco escuro da vovó, um senhor de sessenta e oito anos, pacientemente, com uma xícara de café em sua mão direita, interrogava um dos suspeitos de envolvimento na morte de seu filho. Esse senhor era o chefe da irmandade dos chacais, a sala estava lotada de maus elementos de outras organizações internacionais, eles assistiam àquele interrogatório, e torciam para que o miserável confessasse alguma coisa sobre o envolvimento dos babuínos no assassinato do herdeiro dos chacais, com isso todos ali seriam diante dos chacais inocentes e tudo ficaria resolvido.

— Eu já te dei a minha palavra, se colaborar tua esposa e teus filhos não sofrerão nada, e te darei uma morte sem sofrimento, olha para você, meus camaradas já torturaram você demais — falou o velho homem ao prisioneiro. Então o prisioneiro lhe respondeu com desprezo:

Eu já te falei porra, não sei de nada, eu sou um policial militar com uma carreira de estrelas promissoras, eu desativo bandidos como você do mundo ativo do crime, não sou investigador, ou tão pouco um assassino. — O senhor, diante dessas respostas, lhe respondeu aos gritos:

— Queres me dar diploma de otário, filho da puta? Sei que você é um integrante dos babuínos, também sei que está envolvido na morte da minha esposa e da minha filha na Itália, eu piamente creio que vocês querem jogar os chacais contra os japoneses, assim como fizeram nos jogando contra a Cosa Nostra. — O velho homem levantou-se da cadeira, e sentou, mais afastado, em uma poltrona de couro marrom, e ordenou que seus homens voltassem a torturar mais o prisioneiro.

A nova seção de tortura foi interrompida pela presença de uma doce menina, conhecida por muitos maus elementos que ali se encontravam a torturar o prisioneiro, o chefão dos chacais começou a perguntar aos gritos para seus homens:

— Quem deixou essa criança entrar? E você, Loba, quem deixou você entrar?

— Ninguém me deixou entrar, eu entrei porra — respondeu a doce menina a seu avô, então indagou o avô a sua neta mais uma vez, enquanto a mesma caminhava na direção do homem suspeito do envolvimento da morte dos seus pais.

— Meus seguranças da portaria não estavam em seus postos? — perguntou o avô aos berros a sua neta, e a menina, por sua vez, respondeu para o velho homem:

— Teus seguranças, meu bem; eu mandei para os quintos dos infernos, sem direito a volta — a menina respondeu isso ao avô, e direcionou o seu olhar frio para os homens que estavam a torturar o prisioneiro, e lhes falou de maneiras desprezíveis:

— Vocês, seus incompetentes miseráveis, saiam todos da minha frente, e vão cobrir a portaria que está descoberta porque esse filho da puta é meu, só meu - falou gritando a jovem menina, ejaculando ódio dos seus olhos, e sua voz rouca endiabrada deixava alguns homens que ali se encontravam presentes a desejarem a paz. A menina ficou próxima do prisioneiro, e deu um tapa em seu rosto, em seguida acariciou-o suavemente com as pontas dos dedos, seu olhar frio, fitou profundamente os olhos daquele elemento e beijou profundamente a boca do homem ensanguentada, e com um sorriso cínico, meteu a mão no bolso da sua jaqueta jeans azul escuro e tirou um lenço rosa e carinhosamente limpou o rosto do prisioneiro, ao mesmo tempo que lhe fazia juras de maldições com uma voz mel:

— Então o senhor é cadeado? Osso duro de roer... Só que a bibelô de sepultura aqui, meu bem, sabe mil e uma maneiras de arrancar um couro de um gato sem fazer o infeliz miar!

Os homens que estavam presentes ficaram abismados, inclusive seu avô, diante da reação da sua doce neta, que demostrava ser outra pessoa, totalmente oposta da menina mimada que ele mesmo paparicava todo instante. A adolescente olhou para uns dos homens do seu avô e lhe dirigiu a palavra:

— Você, me dá um copo de cachaça, estou com sede.

O homem tinha aproximadamente uns quarenta anos, e media mais de dois metros de altura e pesava uns cento e dez quilos de músculos, ele ironicamente respondeu para a garota:

— Vaza daqui, aqui não é lugar para criança, vá brincar de boneca, meu bem, porque de casinha você ainda não se garante. — Os homens que se encontravam naquela sala, cairiam em gargalhadas, exclusive o avô que ficou só a observar a neta. A jovem foi à loucura, e respondeu de maneira ríspida para aquele homem:

— Cala tua boca, veado, e me traga um copo de cachaça que eu estou com sede — a menina ainda falava quando uns dos camaradas do seu avô lhe entregou em suas mãos um copo de alumínio, ela, por sua vez, ao receber o copo das mãos do segurança, cheirou o conteúdo do copo e constatou que não era cachaça, e sim água, e se sentiu ofendida e jogou o liquido do recipiente no rosto do homem que lhe serviu, e de maneira relâmpago meteu a mão esquerda por trás da sua nuca, e sacou do coldre uma pequena Beretta 6.35, escondida por trás da sua Jaqueta, entorpecida de ódio, destravou e apontou para o homem, por fim lhe falou:

— Eu falei, que estou com sede de tomar uma cachaça, e você me o fendeu me trazendo água — a menina ainda falava quando o homem que a humilhou, arrancando gargalhadas dos que ali se encontravam, falou:

— Mano, manda essa pirralha se foder. — A adolescente jogou as luzes do seu olhar para aquele homem, e apontou a arma para o seu rosto e lhe disse:

— A parada torta agora é contigo, me dê um bom motivo para eu não te meter os caralhos agora? — O homem tentou avançar em frente, porém foi interrompido por um disparo da pequena arma que quebrou seu braço direito, a adolescente com um olhar baixo gritou para homem:

— Agora, filho da puta, me dê três motivos para não te matar? — O homem, vendo a maldade escapando do céu do olhar da adolescente e a lívida presença da morte destravada em sua mão esquerda, pediu por ajuda aos presentes, porém ninguém se atreveu a socorrê-lo, e a menina, fitando o olhar do homem, via transbordar a dor e o medo, então ela exclamou para o mesmo:

— Você está vivendo o meu inferno, no meu inferno, filho grita e a mãe não ouve.

Lóris e todos que ali se encontravam estavam abismados com a liderança da Loba, e os visitantes olhavam para Lóris e faziam gestos de que estavam orgulhosos de sua neta, enquanto o pobre homem se ajoelhou diante da garota e lhe suplicou em prantos:

— Minha senhora, a primeira razão para você não me matar é que eu sou um chacal, e sirvo fielmente a família, o outro motivo é que eu vou pegar a cachaça para senhora — o homem falou e chorou diante da morte, então a adolescente lhe respondeu:

— Eu disse três motivos, não dois, já que não tem o terceiro vai morrer agora — a menina disparou a arma novamente, e a bala passou arrancando pedaços da orelha direita daquele infeliz, ia disparar a arma novamente, sem compaixão, quando foi interrompida por sua amiga Mara, que entrou na sala. A portaria estava coberta, no entanto os seguranças sabiam que seu pai tinha pouca chance de escapar com vida, levando em considerações a amizade de longos anos que tinham com Mauro Sérgio, e sabendo da amizade entre as duas adolescentes, deixaram-na entrar.

— O terceiro é que ele é meu pai, e você minha melhora amiga. — O homem começou a implorar pela vida, então ele pediu para filha pegar uma cachaça para Loba, Mara olhou para o avô de Loba, e ele deu um sim com a cabeça, então ela serviu uma dose dupla de whisky caro para sua amiga, Loba tomou a metade e lhe agradeceu dizendo:

— Aqui não é um bom lugar para você, menina, pega teu pai e leva-o para um hospital, antes que eu esqueça que esse caralho está destravado na minha mão, vá antes que me dê uma crise de amnésia e eu esqueça que você é minha melhor amiga!

Mara se abaixou e ajudou seu pai levantar-se, e levou o mesmo para um hospital, todos ficaram assistindo em silêncio, Loba chamou um dos seguranças para lhe dar assistência, e mandou que ele segurasse o copo de Whisky, travou sua arma e de maneira selvagem repôs em repouso no coldre atrás da nuca, em seguida levantou sua saia do lado direito e sacou uma peixeira de porte médio, afiada dos dois lados, que estava na bainha presa em uma cinta na sua torneada coxa, em seguida rasgou a camiseta do prisioneiro e fez um corte profundo ao lado esquerdo da barriga daquele infeliz, e cortou um pedaço do fígado e comeu, estendeu a mão para o segurança, e o mesmo sem ela dizer nada lhe entregou o copo de whisky, ela em silêncio pegou o copo da mão do seu assistente e tomou o restante do líquido, seu avô e os outros maus elementos que ali estavam se maravilhavam diante de tanta perversidade, seu avô dizia, para sir mesmo: "sim, sim, é a melhor herdeira que um filho da puta como eu poderia confiar toda sua glória".

A menina olhou para o prisioneiro com a boca ensanguentada, e lhe apontou a peixeira dizendo:

— Agora fundido vou comer teus rins, ah, se vou.

A menina olhou para seu assistente e viu que ele estava desesperado, então lhe ordenou:

— Me traga mais whisky. — O assistente sem nada falar correu assombrado para atender as ordens da jovem patroa, seu medo era tão grande que se tornava hilariante diante dos homens que ali se encontravam presentes. Momento depois voltou com o copo transbordando whisky, os pingos do precioso líquido ao tocarem o chão exalavam uma fragrância agradável que entorpecia as narinas dos homens que apreciavam um bom gosto.

A adolescente encostou a ponta da peixeira por trás das costas do prisioneiro, ele começou a gritar desesperadamente, e pediu arrego:

— Eu falo, Lóris, eu confesso tudo, Lóris, mas, por favor, tire essa psicopata daqui, não foram os japoneses que assassinaram o teu filho no Japão, foram os babuínos, foram eles também que assassinaram tua mulher e a tua filha na Itália, você prometeu, Lóris, se eu colaborasse nada de mau aconteceria aos meus filhos e com a minha esposa, você prometeu diante de todos, vai cumprir com tua palavra? — falou o prisioneiro, agonizando de dor, porém o chefão dos chacais sorriu para ele e lhe respondeu:

— Faça proposta para Loba, é ela que está no comando, afinal ela será a minha substituta, herdeira de sangue — respondeu Lóris ao prisioneiro, ejaculando do seu olhar um orgulho profundo de ser pai de uma mulher, ao mesmo tempo que acendeu um cigarro da antiga marca Arizona. O prisioneiro então voltou seu olhar para adolescente, e lhe implorou:

— Por favor, anjo, vamos conversar, te garanto que entraremos em um acordo? — a menina com um olhar baixo respondeu:

— Tudo bem, eu não comerei mais os seus rins, no entanto, vou comer mais um pedaço do seu fígado, afinal, meu whisky chegou, eu odeio beber sem um tira-gosto — a menina enfiou a mão no corte da barriga do homem e cortou mais um pedaço do fígado daquele miserável, tendo o mesmo na sua mão rasgou com os dentes um pedaço e comeu, e tomou um gole do whisky, e deu um pedaço do fígado para o homem que estava auxiliando-a, o auxiliar deu um não com a cabeça, no entanto ela respondeu para ele aos gritos:

— Coma, filho da puta, ou eu como o seu, coma agora. — O homem apavorado colocou com nojo o pedaço minúsculo do fígado, e engoliu, em seguida tomou o restante do whisky, e saiu correndo assombrado. Enquanto isso o prisioneiro se urinou de dor e medo, então Loba fitou seus olhos celestiais, e interpelou:

— Qual foi a razão desses assassinatos? — perguntou Loba ao prisioneiro, ao mesmo tempo que lambia os dedos ensanguentados do fígado. Os olhos daquele ser torturado diante daquela situação aos prantos se abriram em verdade:

— Os babuínos querem dominar todo os territórios dos chacais, para isso se concretizar eles terão de colocar os chacais contra as outras organizações, nesse exato momento que vos falo, tem vários atiradores esperando os japoneses chegarem ao aeroporto para os executar, e jogar a culpa nos chacais, isto é, fazer as outras famílias pensarem que foi vingança, e com isso os italianos ficariam com medo e seriam obrigados a reagir.

A menina olhou para o prisioneiro, e mandou alguém trazer whisky para ele.

O prisioneiro confessou tudo, após a confissão, Loba olhou para os presentes que ali se encontravam, com um ar de inocência, falou:

— Vocês viram como ele vomitou tudo, e eu nem sequer precisei ofendê-lo ou tampouco torturá-lo. — Os mafiosos olharam-se entre si com os rostos fantasmagóricos e ficaram a dizer para si mesmos: "Eis aí o próprio diabo".

A adolescente caminhou até a mesa grande e seus passos foram acompanhados por olhares silenciosos, passou pelos ocupantes da mesa e foi até a cabeceira vazia que é de seu avô e puxou a cadeira negra e subiu na mesma para pegar uma espada que estava em repouso na parede acima da cabeceira da mesa, ao descer da cadeira caminhou até seu avô, que estava sentado na poltrona de costas para todos da mesa, porém de frente para o prisioneiro, a adolescente ficou na frente de seu avô e desembainhou a espada, e se ajoelhou na frente do velho homem, em seguida levantou a espada acima da sua cabeça e ofereceu ao avô, ele recebeu a espada das suas mãos e deu um sim com a cabeça, e se levantou da sua poltrona marrom e caminhou até o prisioneiro, quando se aproximou dele sem nada dizer, atravessou o peito daquele infeliz, em seguida puxou a maldita lâmina fria mortífera do peito do prisioneiro, e entregou nas mãos da sua neta, ela por sua vez com ambas as mãos segurou a espada e com um único golpe separou a cabeça do corpo daquele miserável que se contorcia de dor e medo, e assim pois fim em seus sofrimentos. Sangue vivo jorrou daquele corpo sem vida, a adolescente pegou na mão do avô, e ambos se molharam de sangue, e ela ficou a gritar ordenando os homens de seu avô:

— Chacais ao meu comando, vão todos agora em busca dos babuínos, e tragam-me os malditos para mim, pois eles estão a espreitar os nossos amigos japoneses. Se não der de trazer os malditos vivos, tragam-me os filhos das putas mortos!

Dois dias depois, ao cair da noite, Lóris e Loba retornaram do cemitério, acompanhados dos seus amigos maus elementos, eles estavam exaustos. Porém, não hesitam em fazer uma cerimônia de paz. Um acordo foi fechado, que todas as famílias mafiosas deveriam caçar e exterminar os babuínos. Loba ganhou respeito perante os chefões das outras famílias mafiosas, e reconheceram ela como substituta legítima de sangue Lóris.

# CAPÍTULO II

# TRILHAS MALDITAS

Cinco dias depois da partida dos chefes das famílias internacionais, Loba resolveu partir sem deixar pistas das trilhas que iria percorrer, deixando apenas um bilhete escrito em um pedaço de papel amassado de sacola de pão na mesa da extensa cozinha.

*"Sei que no presente momento você não entende. Porém, a minha partida é necessária para que eu amadureça, não se preocupe comigo em breve retornarei".*

*Assina:*

*Silvana.*

Seu avô, ao ler o bilhete, foi à loucura, e mandou seus capangas capturá-la de qualquer maneira, afinal, Loba era apenas uma menina de treze anos, era sua única herdeira viva, porém capturar a menina era uma tarefa quase impossível, apesar da sua pouca idade, ela conhecia o Rio de Janeiro como a palma da sua mão, antes de partir se despediu da sua amiga Mara, e lhe entregou o anel da sua mãe como prova que não foi sequestrada, apenas queria dá um tempo.

Após uma semana de busca, Lóris já estava impaciente e achava que sua neta tinha sido sequestrada, ou talvez morta, seu temor foi exterminado quando um dos seus seguranças levou sua filha ao QG dos chacais e lhe mostrou o anel, e falou o acontecido, Lóris contratou várias organizações mafiosas do país para capturá-la. Aquele que em outrora tentou contra sua vida, agora fazia qualquer loucura para trazê-la novamente para seus braços e protegê-la. A princípio, pensava-se que

Loba era fruto de um amor proibido da adolescência de Marcos, filho de Lóris com uma prostituta negra, Marcos aos dezessete anos teve um chamego com uma mulher negra de trinta e um anos, quando a prostituta falou para ele que provavelmente estava grávida dele e queria dinheiro para abortar, ele por sua vez tirou a mesma do cabaré, e comprou um apartamento na Tijuca, e alugou um ponto comercial e colocou uma grife de luxo de roupas de marcas para ela. Quando Lóris foi avisado dessa gravidez, mandou matá-la, ela se encontrava em meados do oitavo mês de gestação. Eram precisamente doze horas de uma terça-feira em um restaurante frequentado por estudantes universitários de medicina, próximo a sua grife, quando dois homens encapuzados metralharam a mulher do peito para cima e saíram em fuga, os estudantes tentaram socorrer a vítima, e levaram-na para o pronto-socorro universitário, no entanto sua mãe não resistiu aos ferimentos e veio a óbito, porém uma bala atravessou a barriga da criança, mas ela se recusou morrer, e veio ao mundo imatura, ferida, através de cesariana feita em um cadáver, seu avô, quando descobriu que a criança sobreviveu, mandou matá-la, no pronto-socorro, só que os capangas de Lóris, simpatizantes de seu filho Marcos, pai da menina, aceitaram uma grande oferta em dinheiro e pouparam a criança, e roubaram um corpo de uma recém-nascida morta e metralharam. Marcos, junto com sua amiga Rose, a qual seria sua Legítima esposa meses depois, extorquiram os médicos, e enfermeiros que ali estavam de plantão, diante de uma grande oferta em dinheiro, confirmaram para a imprensa que a criança assassinada no pronto-socorro universitário era a filha da mulher metralhada no restaurante, e Lóris acreditou, ele jamais permitiria seu sangue ser misturado com sangue da raça preta, e por cima de tudo de uma prostituta. Marcos, pai da menina, tirou-a do Rio de Janeiro e mandou-a para São Paulo, e contratou uma amiga para cuidar da renascida. Meses depois desse ocorrido, Marcos casou com Rose, de nacionalidade Russa, por ironia do destino descobriu que tanto ele como ela eram inférteis não poderiam ter filhos, foi quando veio o desespero de Marcos. Quem é o pai da Loba? Foi feito exame de DNA, deu negativo, só que a Loba, mesmo tendo cinco anos. ela aparecia demais com sua irmã que foi assassinada na Itália na sua adolescência, então, aconselhado por sua esposa, mandou fazer outro exame e constatou que a Loba era sua meia-irmã, filha de seu pai, ele desesperado, começou a gritar com o resultado do exame nas mãos:

— Loba, é minha irmã, minha irmã, Dolores me traiu com meu pai!

Dois anos depois, Lóris descobriu que tanto seu filho quanto a sua nora eram inférteis, então ele ficou a perguntar para a nora:

— Quem era o pai da criança assassinada no pronto-socorro universitário? Aquela vagabunda, além de ter sido uma puta escrota, também era traíra — sua nora lhe respondeu com amargura:

— O senhor meu sogro é o legítimo pai da menina, meu marido é apenas irmão dela, e você tentou acabar com a vida da mesma, tente lembrar se você alguma vez transou com alguma negra de programa? Com certeza você a engravidou! — O sogro, ouvindo a sua adorável nora lhe falar de maneira rude, tentou inverter contra ela:

— Ti fode, Rose, eu jamais transaria com uma preta, e por outro lado com uma puta escrota, vagabunda, sou um homem honrado e tenho as mulheres que eu quiser — falou Lóris à sua nora, andando em círculos, e sua nora abriu a bolsa e puxou o exame de DNA e entregou nas mãos do sogro com um sorriso de sarcasmo dizendo:

— Ti fode também, meu sogro, porque essa negra que você comeu estava camuflada de branquela, e olhe, seu menino, foi uma gozada louca e com gosto, porque tua filha é top de linha. — Lóris puxou o papel da mão da sua nora e leu o exame, e começou a gritar com ela:

— Falso, exame falso, você e meu filho são dois filhos das putas, vocês se combinaram para não terem filhos, porque o filho da puta do meu filho sabe que eu fiquei infértil com um acidente que tive, quero hoje os dois no laboratório para fazer exames, esse exame aqui é frio, essa criança morreu sete anos atrás e esse exame está com a data de dois anos. — O sogro rasgou o exame e sua nora com ar tranquilo lhe respondeu carinhosamente:

— Meu dengo, para de frescura, a diferença entre uma preta e eu está apenas em nossa estupidez. Dizem os machos da minha tribo que as negras são apertadas igual o portão do paraíso, e tua filha, porra, está viva e sadia — a nora falou isso ao sogro lhe servindo um drink, e Lóris ao receber o copo demostrou nervosismo e bebeu de um único gole o whisky, e respondeu de maneira nítida a sua linda nora:

— Essa criança foi morta há muito tempo atrás, eu li o jornal e vi a criança metralhada, os médicos, e os enfermeiros de plantão confirmaram que a criança era filha da mulher assassinada no restaurante — o sogro depois que falou, pediu mais um drink, e sua nora, ao mesmo tempo que servia o whisky no copo, falou para o sogro baixinho em seu ouvido:

— Já lhe falei que ela está viva, o nome dela é Silvana. Porém, eu chamo a mesma de Loba, isto é, uma Loba, no bando de chacais, ela é o mesmo que olhar para tua menina que mataram na Itália na infância, olha para essa foto da falecida é o mesmo que está olhando para a outra, a Loba é parda, cabelos encaracolados, lindos, como o nascer do sol nas manhãs de primavera, seu sorriso é o mesmo que o desabrochar das flores — Rose falou isso ao sogro e engoliu uma dose dupla de whisky, e ao mesmo copo serviu outra para Lóris, e ele deu um gole no whisky e lhe confessou:

 Rose, você é como uma filha para mim, eu já sabia que você era infértil, foi por isso que eu quis que você se casasse com meu filho, porque eu sempre soube que meu filho era infértil, casando com você ele seria feliz, eu já estou na velhice, minha prole termina em meu filho, teu pai é o senhor da maior família mafiosa da Europa, não há nada mais justo que a tua família herdar a minha — quando Lóris acabou de falar, Rose acendeu um cigarro e colocou na boca do sogro e lhe censurou dizendo:

— Amado, puxa na tua memória e tu há de lembrar que fizeste sexo com uma negra de programa, e, tem mais, sem usar preservativos, pelo menos admite santa!? — O sogro se deixou levar pelos seus sentimentos, e confessou a sua nora:

— Honestamente, eu tive um caso com uma preta de um cabaré, só que depois ela sumiu, mas isso ficou em segredo, nunca ninguém me viu com ela, ela sem me dar nem uma explicação sumiu da minha vida, sem deixar rastros — confessou o sogro para sua nora e deu uma longa tragada no cigarro e passou o mesmo para ela, ela carinhosamente lhe explicou:

— Ela sumiu, meu bem, porque teu filho, ou seja, meu marido, também comia, e quando ela apareceu grávida, o idiota logo pensou que era dele, ele estava apaixonado, afinal era apenas um menino na época, e as suas primeiras experiências carnais foram com essa prostituta profissional. Eu já lhe falei que os homens da minha tribo falam que xana de mulher negra é mais louca que as labaredas dos infernos, até você ficou apaixonado, meu bem, faça ideia o garoto inexperiente, só resta tu me dizeres agora: Transar com ela sem camisinha foi uma benção ou uma maldição? — Ao escutar essas coisas de Rose, Lóris abriu a geladeira e pegou duas cervejas e deu uma para sua nora, e lhe respondeu:

— Mesmo que a menina fosse minha filha, agora é tarde e tu sabe que a mesma está morta — disse o sogro a sua nora enquanto a mesma abriu sua cerveja e se levantou e pegou o sogro pelo braço direito e fez o mesmo sentar-se no luxuoso sofá vermelho-escuro, e sentou em seu colo, ele tentou falar. Porém, ela colocou dois dedos em cima da sua boca, para em seguida abrir sua bolsa, e tirou do interior da mesma cinco retratos da menina, ele se espantou em ver as fotos, e gaguejando perguntou:

— Onde conseguiu essas fotos? Não sabia da existência delas. Hoje era para ela estar com trinta e seis anos. Minha pobre menina, aqueles filhos das putas mataram — falou o sogro para sua nora em prantos, pensando que a titular das fotos fosse sua filha que foi assassinada na Itália em plena adolescência. Rose acendeu um cigarro, deu uma longa tragada e passou o mesmo ao sogro, o exato momento que dava um gole na sua cerveja, e, por fim, respondeu:

— Não amor, essa aqui não é a finada, porém sim a que está viva, tu não está vendo que essa menina dessa foto é parda, ou seja, está é a Loba, tua herdeira de sangue. — O pervertido senhor escutou em silêncio sua nora, ela se levantou do seu colo e pegou mais duas cervejas na geladeira e abriu uma para si e outra para o sogro, ele por sua vez lhe perguntou:

— Onde está a menina, ela está bem? — ele perguntou isso para a nora e deu um longo gole em sua cerveja, e sua adorável nora lhe respondeu:

— Queres saber para matar? Pois saiba você, meu dengo, que isso não te entrego nem com torturas — respondeu a nora ao sogro com um ar de sarcasmo, e passou sua cerveja para o sogro. Lóris sorrindo respondeu:

— Se ela estiver viva, você está autorizada a trazê-la para morar aqui, porém só reconhecerei como filha depois de fazer um exame de DNA, em laboratório de minha confiança — falou Lóris a sua nora, afagando os cabelos, ela, por sua vez, respondeu:

— Trazer eu trago, e concordo em fazer o exame, mas reconhecer a menina como filha não, a Loba já está registrada como minha filha e do marcos, nessa história você se contenta apenas como avô, é o máximo que eu posso fazer por ti. — Ele, sabendo que ela jamais poderia ter filhos, concordou com tudo e assim foi feito. Rose trouxe a Loba para morar com eles, e indenizou sua ama, e Lóris realmente achou a salvação para o prosseguimento de sua prole. Ao vê-la pela primeira vez se encantou com a beleza da filha, e lhe abraçou desesperadamente e beijou seu rosto freneticamente, e sentiu no imo peito toda a sua fragilidade ao ter a filha em seus braços, e se arrependeu amargamente por um dia ter atentado contra sua vida. Sem demostrar nem uma vergonha, confessou que ela era o amor da sua vida, ele se recusou fazer o exame de paternidade e paparicava a filha a todo instante, no entanto não foi permitido a ele confessar que era pai da menina, Loba tinha acesso a tudo do avô, sabia de todas as transações comercias dele, ela desde os seus dez anos fazia para o avô transferências milionárias e revisava todas as contabilidades dos chacais, isto é, com permissão do avô, afinal, Lóris estava preparando-a para assumir seu lugar, seu filho muito se orgulhava, e permitia tudo, agora ele ficou a se perguntar: "Loba, onde está você agora?".

# CAPÍTULO III

# CAMINHOS RETOS TORTOS

Loba, em sua fuga, encontrou um garotinho abandonado de oito anos e levou-o consigo, e o apadrinhou como irmão e filho, sua fuga perigosa durou cinco longos meses até chegar em uma cidade pequena no interior da Amazônia, e por lá ficou, vivendo nas ruas e sobrevivendo de pequenos furtos, depois de vinte e dois dias que se encontrava naquela cidadezinha foi apadrinhada por um senhor idoso de origem japonesa de nome Naoki. que tinha um restaurante de porte médio, ele vivia com sua esposa de nacionalidade também japonesa de nome Sayuri, professora de matemática aposentada.

Essa senhora contava com seus sessenta anos, e seu marido com sessenta e três anos, eles viviam em Manaus quando ela se aposentou, eles vieram morar no interior, ela e seu marido por muitas vezes vinham gozar das suas férias nesta cidade. Eles tiveram um filho de nome Minoru e o mesmo tem trinta e oito anos, e mora no Japão há mais de quinze anos. Eles adotaram mais dois filhos *sansei*, um de vinte e três de nome Akira, e o mais velho, Kuuki, de trinta e dois anos, os quais receberam Loba e seu pequeno irmão muito bem, o casal de idosos providenciaram às pressas documentos das crianças e registraram como seus filhos, para Loba deu o nome de Nane, e do menino de Pedro, e dias depois ele e seu filho mais velho levaram-nos para um sítio isolado do mundo, onde morava um certo senhor de nacionalidade japonesa de nome Susumu e lá seu novo pai os apresentou ao velho senhor, esse senhor tinha aproximadamente setenta anos, e era irmão biológico do pai adotivo de Loba, e os dois começaram a lutar entre si, porém apenas para se exercitarem, e depois foram comer algo. Três dias depois seu pai adotivo e seu irmão regressaram para a pequena cidade, deixando os dois sob a responsabilidade de Susumu.

Semanas depois da partida de seu pai adotivo e de seu irmão, o velho senhor começou a instruí-los em culturas orientais antigas, as quais primeiramente iniciou com uma profunda lavagem cerebral, para em seguida nas artes mais cruéis de matanças.

Os anos que Loba passou com seu mestre foram onze longos anos pedra-dura, seu mestre pensou ter formados dois discípulos conforme a sua mente assassina, só que nas veias de Loba já corria sangue assassino, afinal, a irmandade dos chacais já havia ultrapassado os cem anos, seu fundador era um matador sanguinário de nacionalidade russa, desde o início da irmandade dos chacais, sempre foi sua família que liderou, seu pai, o velho Lóris, foi o pior deles, e, por outro lado, Loba desde sua infância tinha uma filosofia que dizia: "Só tente alugar minha cabeça, se você for um bom filósofo". Enquanto seu irmão adotivo tornou-se fanático pelas doutrinas do mestre, ela via aquilo como um câncer maligno, na fase terminal, ela tentou reverter, no entanto, foi repelida com respostas duras de seu irmão. Afinal, aquele senhor e sua esposa estavam a procurar discípulos para aquele ninja assassino, Loba e seu irmão desaguaram em suas mãos por ironia do destino.

Loba agora estava com seus vinte e quatro anos, seu irmão com dezenove, e seu mestre com oitenta e um anos. Foi quando seus pais adotivos vieram buscá-los, então fizeram uma grande demonstração, e seu mestre falou a seu irmão mais novo:

— Hoje, estou em plena velhice, esses dois foram meus últimos discípulos, Nane, sem dúvida, é a mais astutas entre todos os meus discípulos, hoje convido você para lutar com ela em uma demonstração — falou o mestre, batendo carinhosamente no ombro de seu irmão, e seu irmão amigo lhe respondeu:

— Seria melhor eu mandar um dos meus filhos? Afinal ela é fraca demais para mim — o pai adotivo de Loba falou ao seu irmão, retribuindo tapinhas carinhosos no ombro, o mestre assassino de Loba lhe respondeu:

— Veja, e sinta a essência da morte exalando dela, e com as experiências que eu tenho de Buda, eu sei que ela já foi uma de nós em antanho — falou o mestre para seu irmão, e o mesmo respondeu para aquela máquina surrada assassina:

— Você nunca tinha elogiado tanto um discípulo, será que tudo isso é porque se trata de uma linda mulher? — falou o pai adotivo de Loba, sorrindo ao irmão, e seu irmão lhe respondeu:

— Vá, e tire você mesmo as provas, e verá que se trata de um de nós de outrora.

Diante de tantos elogios a favor da sua discípula, seu irmão foi até sua filha adotiva acompanhado do velho mestre, ao se aproximar dela, seu mestre lhe falou:

— Lute com ele e mostre quem é você aos presentes — falou o mestre, sorrindo para sua discípula.

Uma demonstração foi feita, e seu pai adotivo se convenceu que era impossível vencê-la, e tombou aos pés da filha por duas vezes. Então mandou seu filho mais velho lutar contra o irmão adotivo mais novo de Loba, e ele também se convenceu que ambos eram iguais.

Horas depois, ao entardecer em campo aberto, estavam presentes Loba e o mestre e seus pais adotivos, e seus três irmãos adotivos, houve uma cerimônia de iniciação, seu mestre começou dizendo:

— Hoje faz onze anos que você e teu irmão chegaram aqui, você era apenas uma menina de treze anos, hoje você está com vinte e quatro anos, teu irmão tinha oito, hoje tem dezenove, ele ainda não, porém você está apta para sua primeira missão, para isso a trenei e lhe dei o dom de ser uma ninja imbatível, você demostrou ter uma carreira promissora, para assumir meu lugar, você fará três viagens com teu pai, duas com sua mãe, e uma com teus irmãos, e vai ter que provar que você merece ser a minha substituta, lembre-se que você agora é uma Fujiwara impiedosa com teus oponentes, nessas viagens, você deverá matar pessoas, pessoas essas que poluem o mundo com suas mentes malignas, o mundo tem que se livrar dessas pessoas malditas, teu pai só te acompanhará, e observará, porque essa missão é tua, Nane. — Loba olhou nos olhos de seu pai adotivo e lhe perguntou:

— Quem eu vou matar? Qual a razão? — O mestre olhou para sua discípula, e lhe respondeu:

— Nunca questione a missão que te foi destinada, apenas execute e faça cumprir o desejo de seu mestre. — O velho mestre acabando de falar, a mãe adotiva de Loba e seus dois filhos mais velhos se retiraram e logo em seguida retornaram carregando um baú médio e colocaram o baú entre o mestre e a discípula, e sentaram-se no chão em forma de círculo. O homem abriu o baú e tirou do interior dele roupas e calçados negros e entregou-os nas mãos da Loba, e disse para sua discípula:

— Você, minha filha, fez por merecer o manto sagrado da minha família. — Em seguida o homem pegou uma espada de cabo preto que estava alojada no interior do baú, e desembainhou a espada, e delicadamente pegou-a pelo cabo e pela ponta, e entregou-a nas mãos da sua discípula e por fim falou:

— Esta espada pertenceu aos guerreiros dos meus antepassados, agora ela é sua, minha filha, você e ela são uma só, porque você é uma kunoichi, da família sagrada de Fujiwara, ela está em nossa família a mais de mil anos, ela foi entregue a mim pelo meu pai na velhice, o certo era eu entregar para meu irmão aqui caçula. No entanto, vi em você o que todo mestre procura na vida, e, além do mais, eu estava a procurar alguém digno para que ela continuasse sua missão, essa espada em tuas mãos voltará derramar sangue, assim como derramou por mim e por aqueles que a empunharam em outrora. Particularmente ver esta espada nas tuas mãos, diante dos meus olhos, é uma honra para mim. — O mestre, em seguida, puxou um punhal negro que se acoplava perfeitamente no cabo da espada de maneira camuflada, e cortou seu próprio braço em seguida cortou também o braço esquerdo da Loba, e de seu irmão, da sua cunhada e de seus sobrinhos, e derramou dentro de um cálice dourado, em seguida derramou um pouco de vinho amargo e mexeu com a ponta o punhal negro. E levantou o cálice acima da cabeça e falou coisas ocultas, para em seguida beber um pouco e passar o cálice para Loba, e assim todos beberam. Ele fez com ela e com toda a sua família um pacto de sangue. Pacto esse que nem a morte poderia da última forma.

Dias depois, Loba e seu pai adotivo se despediram da sua família, e viajaram para Manaus com destino a São Paulo, Loba executou suas tarefas de maneira sólida, agradando seu pai, o qual retribuiu com um relógio de ouro.

Um ano depois, Loba viajou com seus dois irmãos para o Oriente Médio, essa foi tarefas mais difícil para ela, teve que penetrar em uma fortaleza, onde as muralhas eram enormes, e vigiadas por lobos selvagens e homens fortemente armados dia e noite. Por último viajou com sua mãe assassina, e finalizou sua iniciação de maneira eficiente, seu irmão caçula adotivo, com vinte anos, trilhou as mesmas tarefas de sua irmã, e provou a seu mestre um futuro promissor na arte de matar.

Quando Loba finalizou junto com sua mãe uma missão no Paraná, ela pediu para a mesma lhe conceder uma semana de férias no Rio de Janeiro, pedido que foi concedido, afinal, Loba era seu grande orgulho, a mãe adotiva deixou sua filha em um hotel e voltou para casa.

## CAPÍTULO IV

# SURPRESA AGRADÁVEL

Loba precisava rever seu avô, isso se estivesse vivo, afinal, ela tinha uma herança inestimável. Só que agora ela tinha uma mãe que lhe amava e já se encontrava na velhice, e tinha um pai muito pegado a ela, assim como seu mestre e seus dois irmãos mais velhos, seu irmão mais novo era o amor da sua vida, mas toda vida ela era uma Chacal de sangue, e senhora absoluta de todos eles, as duas horas da madrugada pegou um táxi e foi direto para a mansão do seu avô, a segurança estava dobrada e os cachorros que auxiliavam a segurança eram estranhos, só que ela conhecia todo o terreno, e foi treinada por seu mestre para agir na escuridão e superar e vencer todos os obstáculos, ela era uma ninja negra, matar fazia parte da sua vida, afinal sua nova família era missionária, a vida de outrem nada significava. Aproveitou as vantagens e entrou na mansão, ao penetrar no interior da casa, foi obrigada a dominar uns seguranças armados, e com as astúcias de um ladrão conseguiu entrar no quarto do seu avô que estava em plena velhice, com seus setenta e nove anos, ela simplesmente tirou os calçados, e se jogou na cama e se abraçou com o avô e dormiu. O velho homem se acordou com seus seguranças invadindo seu quarto, Loba estava tão cansada que não se acordou, se estava acordada fingiu não ver nada, afinal ela estava em casa, para que se preocupar com alguma coisa, com agitação dos seguranças em seu quarto? Lóris puxou o lençol, e reconheceu sua filha adormecida, entorpecido de alegria, começou acenar para seus homens armados se retirarem, e falou baixinho para eles:

— Ela voltou, minha linda herdeira voltou, vazem e avisem todos, hoje farei uma grande festa no QG, providenciem tudo, tudo, quero esse almoço para as catorze horas e convidem toda a família, que venham com esposas e filhos, eles precisam saber que minha herdeira está viva.

Lóris olha o relógio na parede e vê que são três da manhã, então ele dispensou os seus seguranças e voltou a dormir ao lado de sua filha.

Loba acordou às dez horas da manhã, com um grito depravado de café na cozinha, e viu que seu avô não estava ao seu lado, então foi até a cozinha e flagrou o seu pai-avô se gabando dela:

— Não, não e não, dessa vez não vou punir vocês, afinal, a Loba é a Loba, ninguém consegue parar minha neta, vocês viram o mulherão lindo que ela ficou? Observaram que ela é a mulher mais linda da zona sul? Isto porque, seus porras, as mulheres da minha família são as mais belas da face da terra. — A conversa é interrompida com a presença da Loba, que fala aos demais presentes na cozinha:

— Vovô, assim o senhor me encabula! Bom-dia para todos — disse a jovem aos presentes na cozinha, ao mesmo tempo que caminhava em direção ao avô, lhe abraçou e deu vários selinhos no rosto, e por fim lhe perguntou:

— Você ainda está bolado comigo porque sumi? Ah, passa para cá o anel da minha mãe — disse a neta para o avô, ao mesmo tempo que desabotoando o fecho do cordão para tirar o anel que estava pendurado no mesmo, o velho senhor tirou do seu dedo mendinho um anel de chapina e colocou-o no dedo da sua neta, dizendo:

— Esse aqui também te pertence era do seu pai, o meu só quando eu morrer, você não vai mais sumir, ou vai? — A neta acariciou o rosto do avô com brilho no olhar e, na maciez da voz, respondeu para ele:

— Nós dois temos que ter uma conversa a sós — respondeu a neta ao avô, ao mesmo tempo que se sentava ao seu lado, pegando uma fatia de bolo de chocolate, e suavemente começou a passar manteiga no bolo, coisa fora do normal que talvez só ela com suas loucuras faria tal coisa, seu avô lhe serviu uma xícara de café quente, ela sem assoprar bebeu um pouco, e olhou para o homem que estava sentado a sua direita, falando-lhe:

— Tio Mauro Sérgio, tudo bem com você? O senhor guarda mágoas de mim? Antes de tudo peço seu perdão diante da nossa família, eu me senti tão mal agindo daquela maneira frívola, que sumi, mesmo assim, antes de partir procurei Mara, mesmo eu sendo ruim com ela, ela foi boa comigo, e queria tanto que você me perdoasse. O senhor poderia me dar o Número da minha prima Mara? Aliás, me empresta teu celular, o meu está no quarto do Lóris. — O homem, olhou para Loba, e lhe abraçou dizendo:

— Está perdoada, amor. — O homem, com ela em seus braços, passou o celular destravado para moça chamando... sua amiga de infância do outro lado da linha.

Horas depois, Loba se encontrou com sua amiga Mara no almoço dado por seu avô, e juntas mataram a saudade, entre o bate-papo das duas mulheres. Mara revelou sem querer um segredo para amiga, que deixou a mesma azucrinada:

— Você sente saudades dos teus pais, amiga? — indagou Mara, sua amiga, ao mesmo tempo que amarrava seus cabelos, e Loba lhe respondeu:

— Não gosto desse assunto, é chato saber que eles foram metralhados no Japão pelos malditos babuínos, do mesmo jeito que mataram minha avó e a filhinha dela.

— Nossa pensei que você soubesse da forma que eles foram assassinados! — respondeu Mara surpresa para sua amiga, e sua amiga diante da reação de Mara lhe interpelou:

— Sabia o quê, branquela? Eu já não estou entendendo mais nada, tua reação me deixou tensa, porra — falou Loba para sua amiga, Mara, por sua vez, tentou fugir do assunto:

— Nada não, Loba, esquece, anjo — respondeu Mara para Loba, ao mesmo tempo que chamou um dos garçons, a fim de fugir do assunto. — Garçom, me traga uma cerveja, não traga duas. — Loba olhou para sua amiga e disse que não bebia, ou tão pouco fumava:

— Porra, Mara, eu não bebo nem fumo, para de frescura, nunca existiu segredos entre nós duas, fala logo. — Quando o garçom entregou as cervejas nas mãos de Mara, ela abriu uma e bebeu de um só gole, e insistiu depois de abrir a segunda cerveja, coagindo sua amiga beber dizendo:

— Pega, porra, você não bebe nem fuma, vai me dizer que também não fode? — Sua pobre amiga, ouvindo tais coisas, pegou a cerveja da mão da mulher, e com um olhar de soslaio olhou para amiga, e ingeriu o líquido de uma só vez, entretanto sua amiga insistiu na pergunta:

— Loba, você ainda é virgem, bibelô? — perguntou a amiga para a outra beliscando a barriga da mesma, e Loba toda embaraçada chamou o garçom e pegou mais uma cerveja e bebeu novamente de um só gole e em seguida respondeu:

— Sim, sim, honestamente, nunca me beijaram na boca — ela respondeu isso para sua amiga, amassando a lata de cerveja com sua mão esquerda, sua amiga lhe abraçou e lhe respondeu:

— Mulher, até teus beijos são virgens, deixa eu tirar teu cabaço, amor!? — ela falou isso para Loba, ao mesmo tempo que puxou um vibrador realístico grosso e esfregou o mesmo na cara da sua pobre inocente amiga. Porém, apenas tirando sarro da cara dela, Loba revidou empurrando Mara, sorrindo e dizendo:

— Sai pra lá, canibal, minha praia é outra, vai me dizer, que virou sapata? E para de me enrolar, e fala logo o que eu não estou sabendo. — Depois que Loba disse essas coisas, Mara acendeu um cigarro e ficou meio embaraçada, balançando o grosso vibrador com a mão direita, porém, vendo que a amiga insistia com as perguntas, ao mesmo tempo que tragou o cigarro, guardou o consolo em sua luxuosa bolsa de couro vermelha e respondeu para Loba:

— Não sei onde tu queres chegar com essas tolices? — essa resposta fez com que a Loba agarrasse Mara pelos dois braços, para em seguida fitar os glaucos dos seus olhos e lhe falar friamente:

— Deixa de onda, dona menina, fala logo, porra, o que eu não estou sabendo. — Fugiu Mara das mãos de Loba, e pegou mais uma cerveja e Loba fez o mesmo, então Mara resolveu falar tudo, com um vômito de palavras tão ácidas que Loba ficou sem reação, mas antes de falar pediu fidelidade da confissão para amiga:

— Tudo bem, falar eu falo, mas você vai me prometer, bibelô de sepultura, que você vai ficar na tua e não irá falar nada, pois se teu pai descobrir que eu lhe falei, ele me matará e comigo todos de casa — Mara falou isso para Loba abrindo sua cerveja, sua amiga ficou mais tensa, e tomou o cigarro da mão de Mara e deu uma longa tragada, e começou a tossir, Mara mandou ela tomar um gole de cerveja, Loba, ainda tossindo, indagou sua amiga:

— Você quis dizer meu avô, ou você quis dizer que Lóris é meu pai? — perguntou Loba à amiga, virando a cerveja na boca e prosseguiu dizendo:

— Fale logo o que eu não sei, santa?

— Antes me prometa, bibelô de sepultura, que você guardará esse segredo. — pediu Mara para sua amiga, acendendo mais um cigarro e oferecendo um para Loba:

— Não, eu não fumo, te prometo, minha amiga de outrora, guardar esse segredo para todo sempre, também prometo ser tua melhor amiga por toda minha vida, branquela linda — ela respondeu para sua amiga Mara, beijando o rosto da mesma, então Mara lhe abriu o jogo:

— Em primeiro lugar, eu quero que você saiba que teus pais, assim como tua avó e a filha dela, não foram metralhados, ambos foram mortos por espadas, de maneiras estranhas, o assassino da tua avó e da filha dela provavelmente é a mesma pessoa ou comungam da mesma tática de matança. O velho Lóris tem duas estrelas com desenhos estranhos, uma foi extraída do peito da criança assassinada na Itália, e a outra foi extraída do pescoço da tua mãe no Japão, são estrelas de quatro pontas grandes afiadas dos dois lados em forma de arpão, iguais àquelas dos filmes de ninjas, são estrelas gêmeas e ambas foram feitas artesanais. — Ao ouvir tais informações da amiga, Loba ficou tão embaraçada que pegou no braço da Mara e saíram correndo, para a mansão do avô. O carro esporte que Loba dirigia quase encapotava na arrancada, ao chegar na mansão teve passe livre para entrar. As duas entraram correndo no interior da mansão, Loba na frente e Mara atrás quase desmaiando acompanhando a atleta, quando entraram no quarto do avô, Mara se jogou na cama enquanto Loba tentava abrir o cofre e não conseguiu, então resolveu ligar para o avô:

— Fale, Mara, o que desejas? — respondeu Lóris ao atender o celular, pensando ser a titular da ligação, no entanto se tratava de outra pessoa, ou seja, a Loba.

— Não, meu avô, sou eu, a Loba, você trocou a senha do cofre do teu quarto? — respondeu Loba, ao mesmo tempo que fez uma pergunta a seu avô, e o mesmo lhe respondeu calmamente:

— Sim, porém a senha é a mesma de sempre só que está invertida. Você não está aqui no Beco?

— Não, vovô, estou aqui no teu quarto, você não vai perguntar o que vou fazer abrindo teu cofre? — perguntou Loba ao velho homem com ar de mistério, e seu avô do outro lado da linha lhe respondeu:

— Não, porque eu teria que fazer para você essas tolas perguntas. Se é você a minha única herdeira? Eu sempre deixei você saber as coisas mais loucas da minha vida, faça o que você deve fazer, tudo isso te pertence, mas me faça o favor de voltar para o beco, quero que todos saibam que você está viva — respondeu Lóris a sua filha, e ela lhe confirmou em seguida:

— Com certeza eu voltarei sim, meu bem, me aguarde — Loba desligou o celular e voltou seu olhar para Mara, e viu que ela estava dormindo, então jogou o celular em cima da cama e abriu o cofre e viu que ele se encontrava abarrotado de joias caras, entretanto dentro de uma pequena bandeja dourada repousavam em seu interior duas estrelas negras de pontas afiadas, ela assim que viu as estrelas reconheceu imediatamente suas origens, e um brilho de ódio invadiu seu íntimo, agora na sua mente brotou a sede da vingança, e uma pergunta para si mesma martelou sua mente: "Quem da sua família ninja matou sua avó e sua tia, e seus pais"?

Instantes depois, Loba retornou para o buffet sem Mara, pelo motivo que ela ficou no quarto de seu avô dormindo, aquilo na infância e até alguns dias antes da Loba sumir, era normal ela dormir com Loba na cama do velho Lóris.

Horas mais tarde, ao retornarem à mansão, ao cair da noite, Loba e seu avô ficaram a conversar no jardim, ela falou com detalhes como estava sua vida:

— Meu irmão adotivo mais novo, o qual levei comigo quando o encontrei, junto com os outros dois que lá se encontravam quando eu cheguei, somos todos usados, eu tenho receios de falar para eles e eles me entregarem, porém farei de tudo para arrancar meu irmãozinho daquele ninho de ratos. — O avô ficou a escutar sua neta em silêncio, e por fim lhe falou:

— Você quer que eu mande meus camaradas resgatá-lo? — perguntou o avô a sua neta, ao mesmo tempo que afagava os cabelos grisalhos, encaracolados da filha carinhosamente. — Respondeu em seguida Loba para seu avô:

— Deixe que eu, por mim mesma, resolva isso, afinal, se trata de assassinos silenciosos, coisa que a brutalidade nunca vencerá — disse ela ao avô, e esse lhe respondeu com prudências:

— Você sabe que eles virão atrás de você e de seu irmão adotivo, isto é, se esse teu irmãozinho não ficar contra ti, afinal, trata-se de lavagem cerebral, mas, por favor, resolva o mais breve possível isso e venha administrar nossas coisas, eu já estou velho, seu irmão será bem recebido por mim, e não esqueça também de arrumar um noivo, não quero morrer sem ver teus filhos e filhas, com você aprendi que não faz diferença alguma ser pai de uma mulher ou de um homem, a educação é o pilar da vida!

Loba ficou mais dois dias com o avô e depois retornou para o Amazonas, ao regressar, descobre que seu irmão e outro irmão mais velho viajaram para a Argentina, para uma missão, ou seja, matar mais um inocente, ou talvez um bandido, para eles nada disso importava, afinal eles foram treinados para matar, e não para questionar o bom ou ruim.

# CAPÍTULO V

# TRAIÇÃO

Alguns meses depois do regresso de Loba ao seio da sua família adotiva, um senhor de aproximadamente setenta anos fez uma visita à pequena cidade, e foi almoçar no restaurante da família, seu pai lhe serviu o almoço e ficou a conversar com ele, Loba teve uma grande sensação que aquele homem não lhe era estranho, e ficou a vigia-lo, e observou que ele entregou uma pasta de couro marrom fechada, e partiu, esse tipo de visão para ela era normal, no entanto o estranho tinha um aspecto familiar.

Momentos depois seus pais adotivos saíram para comprar algo para o restaurante, tarefa que eles mesmos gostavam de fazer no seu cotidiano, seus três irmãos estavam dormindo, ela entrou no quarto de seus pais adotivos e viu que a pasta que o homem entregou estava em cima da escrivaninha, ao checar a mesma constatou que ela estava aberta, ao abri-la deu de cara com uma foto do seu avô junto com a dela, e em cima da foto escrito em pedaços de esparadrapo, ambos os nomes, "Loba e Lóris", então vê que existe mais onzes fotos com os nomes e endereços, então ela compreendeu que aquele senhor contratou o serviço de matança para executar ela e seu avô, com certeza o homem não se encontrava mais na cidade. Provavelmente ele veio de teco-teco, afinal o único meio de chegar na cidade era barco ou avião de porte pequeno particular, e os barcos só chegariam em dois dias e partiriam algumas horas depois. Então ela raciocinou de maneira relâmpago que naquele ninho de víbora ela não poderia mais ficar, sua morte estava decretada, ela piamente acreditava que não haveria arrego, talvez uma fuga fosse a única opção, então ela desesperadamente entrou no quarto dos irmãos e acordou aquele que ela amava mais que a vida:

— Pedro, por favor, acorde — ela acordou o irmão lhe sacudindo e falando baixinho em seu ouvido, ele acordou atordoado, ela colocou de leve os dedos na boca do irmão e pediu para ele segui-la, Loba puxou seu irmão pelo braço até o gramado e lhe falou:

— Temos que partir agora, aliás fugir, pelo amor de Deus, venha comigo, irmão — disse baixinho a irmã para seu irmão, evitando que os demais se acordassem, ela falou isso para ele, segurando-o pelos braços, e seu irmão se livrou puxando seus braços de maneira grotesca, e lhe respondeu:

— Enlouqueceu, mulher? Ir para onde, porra? Estamos em casa, aqui temos tudo que precisamos — o irmão exclamou para sua irmã de maneiras tóxicas, no entanto ela lhe respondeu com voz mansa:

— Confia em mim, pelo amor eterno, no caminho eu te explicarei tudo — ela tentou segurar novamente nos braços do irmão, mas ele se esquivou e lhe respondeu:

— Nane, por favor, para com isso, eu não quero mais ouvir nada de você, e, além do mais, barco só daqui a dois dias, você está precisando se casar, é isso mesmo, você tem que arrumar um homem — disse o irmão para sua linda irmã, ela, por sua vez, meteu a mão no bolso esquerdo da sua jaqueta jeans e lhe mostrou as fotos.

— Que porra é essa? Afinal, quem é Loba? Esse velho quem é? — perguntou Pedro para sua irmã, confuso com as fotos nas mãos, e ela lhe respondeu:

— Loba é meu nome, e esse senhor da foto é meu legítimo pai, na última viagem que eu fiz com nossa mãe, eu fiquei no rio e fui visitá-lo, eles querem me matar para roubar minha herança, meu pai chegou à velhice, os inimigos pensavam que eu estava morta, foi só eu dar sinal de vida que decretaram minha morte — ela contou isso ao irmão com detalhes e ele lhe respondeu:

— Família protege um ao outro — respondeu irritado o irmão para sua irmã, ela sem ter para onde apelar, lhe respondeu:

— Tudo bem, já que você não confia em mim, você poderia pelo menos me prometer algo? — perguntou Loba para seu irmão com os olhos em prantos, ele por sua vez lhe respondeu irritado:

— Não te prometerei nada, principalmente se rolar traição contra nossa família, mas fale, o que queres?

— Quero que você me prometa, se alguém perguntar por mim, diga que não me viu, só isso.

— Você está me pedindo para mentir para nossa família? Isso é traição — respondeu Pedro, tenso, para sua irmã, e sua irmã disse ao rapaz:

— Se você acha que isso é traição, tudo bem, se você pensa assim, só que estou perdendo tempo, adeus, eu sei que você não partindo comigo, você há de vim junto com eles para me matar — falou Loba para seu irmão, em seguida deu um forte abraço nele, no entanto não houve correspondência do abraço, ela olhou em seus olhos e disse:

— Esse foi nosso último dia como amigos, porque eu sei que terei que lutar pela minha vida, adeus — ela disse isso ao irmão, e se retirou da sua presença, em seguida entrou na casa e pegou o que era seu por direito, e caminhou até um pequeno trapiche e roubou dos seus pais adotivos uma voadeira de porte médio, porém de motor potente, com combustível de reserva, e partiu para uma cidade afastada dali duzentos quilômetros, ao chegar nessa cidade, estacionou a lancha distante do centro urbano e afundou a mesma, e caminhou até um pequeno aeroporto e roubou um avião teco-teco e fugiu com destino a Manaus, e pousou em uma estrada deserta, ela abandonou a pequena aeronave e caminhou mata adentro.

Quando seus pais adotivos descobriram sua fuga, eles imediatamente convocaram seus três filhos, em um jantar.

— Meus filhos, minha única filha nos traiu, como meu irmão camponês sempre fala, os filhos homens sempre honram pai e mãe, enquanto as filhas são uma decepção, sei que a vagabunda fugiu, talvez com um homem, e você, meu filho caçula, me responda, Pedro, Nane te falou algo antes de fugir? — o velho japonês indagou o filho com um olhar baixo, e ele respondeu honestamente:

— Sim, ela queria que eu partisse com ela, porém eu me recusei, achei aquilo uma podridão. — O pai fitou os olhos do seu filho e lhe assegurou com palavras duras:

— Muito bem, meu filho, vejo que você se tornou um homem honrado. Você embarcaria em minha barca para caçar essa vadia, para honrar nossa família? — O filho caçula sentiu no imo peito a maldição que ele adquiriu não partindo com sua irmã, logo ela que o amparou na infância e que o amou de todo o coração, então respondeu:

— Como quiseres, meu pai, você é um homem justo. — A conversa é castrada com a presença de um velho senhor que entrou na sala, e com um sorriso cínico perguntou para seu irmão caçula:

— O que aconteceu para ela desertar? Seriam essas fotos que estavam jogadas em cima do meu peito, quando eu acordei há um dia atrás!? — Esse senhor era o velho mestre, ao terminar de falar, jogou as fotos em cima da mesa e seu irmão caçula lhe respondeu:

— Você, meu amado irmão, sabe que eu jamais ousaria me levantar contra um integrante da nossa família, só que ela nos traiu — o homem falava para seu irmão mais velho sacudindo as fotos em sua mão direita, e seu irmão primogênito lhe respondeu:

— Deixe a Loba em paz, ela voltou para sua alcateia, nosso clã já executou missão demais contra a família dela, deixe essa missão no esquecimento, porque, na certa, nós perderemos essa guerra. E tem mais, ela é uma de nós, nosso juramento não pode ser quebrado, caso isso aconteça o infrator terá que rasgar suas entranhas com as próprias mãos e arrancar seu coração e entregar a seu mestre — falou firme o velho mestre, e seu irmão lhe respondeu em seguida:

— Nossa família sempre foi de bravos guerreiros, nunca quebramos um acordo, o contrato já foi fechado e o pagamento cem por cento pago, não posso quebrar o contrato — o irmão mais novo respondeu com o olhar fixo nos olhos do seu irmão primogênito, e seu irmão por sua vez lhe interpelou com uma voz macia:

— Mesmo vendo a foto dela, você aceitou a missão, por quê?

— Honrado irmão, não reconheci minha filha na foto, agora é tarde, essa organização gasta milhões e milhões com nossas missões, dessa vez o pacote foi fechado em dez milhões de dólares, você entendeu?

— Isso eu chamo de traição, eu sou teu irmão mais velho, e você me deve obediência, portanto ordeno que quebre o contrato e deixe a Loba viver em paz, caso não acate minhas ordens, o nosso elo está quebrado. Quanto a você, discípulo mais novo, me acompanhe — disse o velho mestre a Pedro, depois de ameaçar seu irmão caçula e se retirou, enquanto seu irmão perguntou para Pedro:

— Não, meu filho, não dê ouvidos para meu irmão, ele chegou à velhice rabugento, fique comigo e tu serás bem recompensado, dinheiro para mim não é problema, porém, se partires, não haverá mais arrego para você em minha casa.

O pai falou isso ao seu filho fitando seus olhos, então Pedro lhe respondeu:

— Estou com você, meu pai, vamos juntos caçar a traidora, traidora maldita essa que um dia chamei de irmã, que diabo vou fazer voltando para aquela mata maldita? — respondeu o filho mais novo a seu pai adotivo, com voz irritante e com as mãos apertando fortemente o antebraço direito do pai. Seus dois irmãos e sua mãe, que ali estavam presentes, muito honrados ficaram, e todos eles se levantaram e envolveram Pedro em seus braços, enquanto o velho mestre ficou a esperar por um bom tempo, percebendo que o seu discípulo mais novo não vinha com ele, partiu sozinho, para as montanhas. No exato momento que o velho mestre partiu, Pedro engolido nos braços de sua mãe, ela o seduzia dizendo:

— Essa missão será a mais perigosa de todas, vocês vão matar o chefe dos chacais e a Nane, conhecida no mundo do crime como Loba, essa nós conhecemos, é osso duro de roer, cinco milhões de dólares é a oferta para dividir entre vocês três, vocês são jovens e milionários, e herdeiros do que é meu e de seu pai, portanto sejam cautelosos, pois estão incluídos nesse pacote mais onze integrantes do bando, quando vocês regressarem eu irei com seu pai para o Japão matar três chefes de uma organização perversa mafiosa. Agora vamos comer e beber para festejar nosso acordo, não se esqueçam de trazer a espada da maldita, essa espada pertence por direito ao meu filho primogênito.

## CAPÍTULO VI

# SUBSTITUTA

Dias depois, Loba desembarca em um aeroporto do Rio de Janeiro, sem avisar sua chegada, pegou um táxi e foi direto para o beco e convocou uma reunião em massa, ao cair da noite, os principais integrantes da família mafiosa dos chacais estavam reunidos, incluindo o velho Lóris.

— Primeiro quero me desculpar com meu avô por ter passado por cima das ordens dele, e ter convocado essa reunião de emergência, também agradeço a todos vocês por terem acatado as minhas ordens e comparecerem nesta reunião. — O velho Lóris deu um sim com a cabeça para sua filha, e autorizou a mesma a prosseguir.

— Primeiro quero saber se entre vocês existe um desenhista capaz de fazer uma foto falada aqui. — Ela não teve respostas, apenas um extenso silêncio dominou o Beco, até que seu avô quebrou o mesmo.

— Eu creio que a Mara é capaz, ela desde criança desenhava as caricaturas de todos nós, e agora ela é uma artista plástica, esses quadros pintados aqui, noventa por cento são artes dela, liga para ela. Momentos depois, Mara chegou ao Beco, e Loba entregou nas mãos dela uma barra de giz branco e falou a fisionomia do homem que encomendou a sua morte, a do seu avô e outros integrantes da família, incluindo o pai de Mara, minutos depois estava no quadro o retrato falado do comendador das matanças, Loba deu um forte abraço na amiga ao beijar seu rosto, perguntou aos presentes:

— Alguém aqui conhece esse homem? — Muitos responderam que sim, e seu avô tomando a palavra lhe disse:

— Claro que todos aqui conhecem, esse é meu amigo Fausto, juiz aposentado, ele tanto na ativa quanto na aposentadoria é um grande colaborador dos chacais. Aliás, ele se aposentou para o governo, porém para mim continua na ativa — disse o senhor dos chacais para sua filha, ao mesmo tempo que dava um gole na xícara de café, e ela irritada lhe respondeu, com voz alta, dando um tapa com a mão esquerda no quadro, ao mesmo tempo que lhe apontava sua caneta vermelha vazada:

— Amigo, amigo um caralho, esse filho da puta aqui contratou o serviço secreto de matança para me matar, incluindo você e mais uns integrantes dos chacais, esse filho da puta é um babuíno — os olhos de Loba ejaculavam ódio, e no ácido das suas palavras encontrava-se um certo teor de maldição, seu avô revidou com um grau elevado de toxicidade contra Loba, dizendo:

— Você está equivocada, esse homem já prestou muitos serviços para nossa organização, sou muito grato a ele — o senhor dos chacais falou essas coisas para sua neta e se levantou, para em seguida falar para os demais presentes:

— A reunião está encerrada, vocês podem voltar para suas casas, quanto a você, menina, vê o que fala, porra — disse o avô para sua filha neta, ao mesmo tempo que acenou com as duas mãos, despachando seus camaradas. Porém, Loba pediu para eles mais um instante.

— Por favor, me escutem, esse filho da puta decretou minha morte e a de você, Lóris, porra, ele pagou dez milhões de dólares, esse foi o custo da sua encomenda, e nesse pacote estão incluídas mais onze mortes, incluindo o pai da Mara, só uma organização mafiosa pode ter tanto dinheiro para investir tão alto em um plano audacioso — a herdeira dos chacais falou agarrada nos dois braços de seu pai, e ele, escutando a filha falar tais coisas, olhou no mais profundo dos seus olhos e, por fim, lhe indagou:

— Como descobriste tal plano? Já que você anda sumida! — perguntou o homem a sua herdeira e ela por sua vez lhe respondeu:

— Porque esse filho da puta contratou a família que me amparou para o serviço, inclusive foram eles também que mataram minha vó, minha tia na adolescência e meus pais no Japão, particularmente creio que foi tudo mandado por esse juiz miserável, que você chama o de amigo — respondeu a neta ao avô, demostrando rebeldia, e, sem dar chance de falar algo ao mesmo, prosseguiu dizendo:

— Raciocine, meu bem, onde esse filho da puta estava quando assassinaram tua mulher e tua filha? Onde estava quando mataram meus pais? E por onde ele andou esses três últimos dias, verá que tudo se encaixa — uma névoa ocultou as lembranças de Lóris, porém ele sabe que sua filha é a dona da razão, então ele pegou o celular do bolso do paletó e ligou para Fausto, este, por sua vez, atendeu imediatamente a ligação, com uma voz agradável:

— Sim, amigo, o que deseja?

— Se não for pedir demais, dava para o amigo vir agora no Beco? Estou prestes a fechar um negócio milionário. Como de praxe, preciso dos teus conselhos.

— Será um prazer ajudá-lo, meu bom homem. — Após falar com Fausto, Lóris desligou o celular e colocou-o novamente no bolso do paletó, e ficou a pensar: "Esse filho da puta é mais falso que uma víbora, só agora percebo o ar de traição que ele radia, ser miserável"

Lóris caminhou até Loba e a abraçou, e pediu desculpas para sua herdeira, e sussurrou algo em seu ouvido:

— Ele está chegando, portanto assuma o meu lugar, já que você voltou para ficar, é lícito que, a partir de hoje, a minha aposentadoria seja decretada, cheguei à velhice, é justo que eu goze a partir de agora livre como os pássaros. Portanto, Loba, te fode e assume, meu bem, o comando da família — ao acabar de sussurrar tais palavras no ouvido da filha, ele levantou os braços e comunicou seu afastamento permanente da direção de todas as atividades da irmandade dos chacais:

— Aproveitando a ocasião, eu comunico a todos os oficiais chacais que eu estou me afastando definitivamente da irmandade, cheguei à velhice, já ultrapassei a casa dos oitenta anos, é idade demais para um cristão. Portanto, meus camaradas, eu passo todo o comando para minha amada e adorada neta, entretanto existe uma praxe, entre nós, é necessário que ela faça o juramento de comandante e que eu passe as sinaleiras e os códigos internacionais de chefe para ela, porém a última é em segredo. — Lóris deu alguns passos e pegou a espada que estava acima da cabeceira da mesa grande, e desembainhou, com passos firmes caminhou até sua filha, ela se ajoelhou diante dele, e estendeu sua mão direita e Lóris passou a lâmina da espada, ferindo-a de leve sua mão direita, porém emanou sangue e em seguida fez seus juramentos em nome da irmandade perante todos os oficial chacais. Lóris estendeu sua mão direita para sua filha e levantou e, segurando seu braço direito, caminharam até a cabeceira da mesa grande e fez Loba sentar na poltrona negra, e lhe entregou toda a liderança diante de todos ali presentes, eles se ajoelharam diante dela, e juraram obediência.

Quando Fausto chegou, passou livremente pela portaria e, ao ver Loba sentada na cadeira de Lóris, pensou que era apenas para comunicar a posse, afinal, ele mesmo vinha questionando Lóris a se aposentar e entregar o comando para a herdeira, no entanto ele estava completamente enganado.

— Cadê meu amigo Lóris, e essa menina, o que está fazendo sentada na cadeira da diretoria? Mara esse lugar é para macho — o recém-chegado falou com um ar de sarcasmo, Loba com um olhar sádico lhe respondeu:

— Olhe aqui, não me venha com essa cara de madeira me dizer que não está me reconhecendo, e, por outro lado, você conhece muito bem a Mara, afinal, o que eu faço aqui sentada na cadeira que é minha por direito não é da sua conta, caralho — a nova líder dos chacais falou com um tom agressivo, batendo com força a palma da mão esquerda na mesa, e Fausto lhe respondeu com um ar nada amistoso.

— Sinto informá-la, porém, não faço negócios com mulheres, a não ser na cama, é por essas e outras razões que estou me retirando — falou Fausto para Loba, abrindo uma caixinha de chiclete e dando meia-volta, no entanto Mara destravou sua pequena pistola em cima da cara do homem, e falou com um tom nada amigável:

— Parado aí, santa, você não vai a parte alguma, e tem mais, eu não sei usar esse troço aqui, mas sei que está destravada, a porra da Loba quando partiu me deu de presente, só que esta vagabunda não me ensinou nem porra a respeito dessa desgraça aqui. — O homem fitou a arma destravada na mão trêmula de Mara, em seguida voltou seu olhar para Loba e lhe falou:

— Essa tua amiguinha é nervosa, hem? Afinal, quem é você? — perguntou Fausto para a moça sentada na cabeceira da mesa da liderança, ao mesmo tempo que estalava seus dedos, a moça sentada na cadeira da cabeceira da mesa lhe respondeu:

— Para de ser cínico, Fausto, você sabe muito bem quem eu sou — respondeu a jovem menina àquele homem maquiavélico, e ele, por sua vez, avançou o sinal e lhe perguntou:

— Serias tu porventura uma gaivota? — O homem perguntou isso para moça e ela ofendida lhe respondeu:

— Gaivota é a vagabunda que te pariu, você sabe muito bem quem eu sou.

— Já te falei que não sei quem é você — insistiu o recém-chegado com suas afirmações, Loba perdeu a paciência e lançou dos seus lábios palavreados pesados:

— Filho da puta, há poucos dias tu deste uma foto minha e do meu avô e de mais alguns integrantes da família no restaurante do ninja para nos assassinar — a jovem falou isso para Fausto cuspindo ódio em seu olhar, e se levantou e foi até ele, ele, por sua vez, tentou blefar:

— Grande Loba, é você? — indagou Fausto à moça, fingindo surpresa, porém ela demostrou segurança em suas atitudes e irritada lhe respondeu:

— Grande aqui é o grelo da minha peka, filho da puta, quem foi que decretou a minha morte? — perguntou descontroladamente Loba, apontando para aquele senhor sua caneta surrada vermelha vazada, ele, por sua vez, lhe respondeu:

— Não sei te responder, você está equivocada — respondeu Fausto, fingindo inocência, porém Mara complica a vida do Juiz aposentado:

— Loba, como era a tua foto que ele deu para o matador? — perguntou Mara para Loba, piscando seu olho esquerdo esmeralda, e Loba lhe respondeu:

— A foto é recente amiga, foi tirada no dia do buffet do meu retorno, aqui mesmo no Beco, essa foto foi tirada conversando contigo com uma latinha de cerveja na mão, isso te confirmo piamente porque a única vez que bebi na vida foi com você naquele dia. Por quê?

— Oh, ser inocente, tu ainda pergunta por quê? Eu não vi esse filho da puta no buffet, se ele não estava, alguém aqui é um traidor e tirou a foto, porque é uma foto muito íntima de nós duas, te liga, bombonzinho[1] . — Quando Loba ouviu tais palavras de Mara, ela surtou, dando um golpe com força no pescoço de Fausto, que ficou se contorcendo de dor, e Loba lhe advertiu:

— Quanto mais esforço você fizer, mais os nervos se contraem, e vai paulatinamente se contorcer de dor. Agora me responda: quem te deu as fotos? — falou com voz suave Loba para Fausto, para em seguida bater de leve com as pontas dos dedos no pescoço do homem, e a dor de maneira relâmpago passou e ele lhe respondeu:

---

[1] Bombonzinho, na gíria paraense significa, linda, gostosa.

— Para o inferno com tuas torturas, demônio, quem me vendeu as fotos foi um garçom, só que ele não tem nada a ver. Quanto às encomendas das mortes, foi eu mesmo, estou puto com você, com o filho da puta do Lóris, que saber o porquê? — O homem respondeu isso para Loba, esfregando de leve as pontas dos dedos da mão direita no pescoço, e Loba lhe respondeu com um sim, abaixando a cabeça, e Fausto antes de dizer o porquê pediu mais um whisky.

— Não foi nada de negócios, nada mesmo, foi algo pessoal, me dá mais um whisky que eu já te conto, putinha, e você, caralho, tire essa merda dessa arma destravada de cima da minha cara, antes que eu tome ela dá tua mão e enfie toda na tua boceta.

— Então vem arrancar ela da minha mão, caralho — a moça com a arma destravada na mão direita falou para Fausto aos gritos, e Loba olhou para ela e mandou que ela guardasse a arma, e ela obedeceu e destravou e colocou em repouso dentro da sua bolsa de couro vermelha, e Fausto prosseguiu com a confissão:

— Mandei matar você, lobinha, porque você é uma filha da puta, matou os meus dois netos e minha filha. Eu pouco me importei de você e o porra do Lóris terem matado o filho da puta daquele oficial, ou seja, o coronel Pantoja, a mulher dele era minha filha com uma vadia que eu conheci na juventude em um cabaré, porém eu sempre amparei minha filha, você e o filho da puta do Lóris mataram-na, foi por isso que eu particularmente encomendei o pacote inteiro, o filho da puta do Lóris sabia que a Maria era minha filha, assim mesmo mandou matar e com ela meus netos, sei que vai me matar, mas antes de morrer te confesso, lobinha, vem coisa pesada aí atrás para você, fofa!

— Não, eu não vou lhe matar, gosto de pessoas de atitude, quanto a sua família não foi eu que assassinei, eu sumi ainda menina, aliás menos de uma semana depois do enterro dos meus pais, não sei se Lóris mandou, só um momento, vou mandar chamá-lo, ele se encontra na cozinha, fazendo um ensopado de um galo que ele ganhou de um galista.

Loba mandou chamar Lóris na cozinha, no entanto ele mandou dizer que estava gozando a aposentadoria, Loba que se vire. Então ela vai pessoalmente chamá-lo, ao retornar veio acompanhada de Lóris, na presença de Fausto ela perguntou para o avô:

— Lóris, seja honesto e me responda, o senhor mandou matar a filha do Fausto e com ela os seus filhos? — A filha perguntou ao pai, olhando no fundo dos seus olhos, e ele respondeu:

— Não mandei matar, Maria, tampouco os teus netos, Fausto, eu os tirei do Brasil e mandei para a Suécia, tive receio que os babuínos decretassem a morte deles, afinal, o puto do teu genro entregou todos de bandeja. — O homem, ouvindo essas revelações de Lóris, ficou com um aspecto fantasmagórico e lhe perguntou:

— A minha filha e meus netos estão vivos? Você não está mentindo, seu puto? Você sabe que ela e meus netos são o único sangue legítimo meu que corre sobre a face da terra — exclamou o juiz aposentado em pranto, para seu amigo Lóris, que nada lhe respondeu, fez uma chamada internacional do telefone fixo do Beco, e uma mulher atendeu, e ele passou o telefone para Fausto, e o mesmo constatou que a sua filha ainda estava viva e com ela seus netos, ao terminar de falar com a filha, Fausto entregou o telefone para Lóris e, logo em seguida, meteu a mão no bolso do seu paletó e sacou o celular, e fez uma ligação, ao atenderem do outro lado da linha, ele falou:

— Sou eu, Fausto, gostaria de cancelar a encomenda, porém vocês podem ficar com o dinheiro — do outro lado da linha, uma voz mansa respondeu:

— Nosso negócio foi entre dois homens, não pode ter volta, para cancelar é lícito que você pague mais cinquenta por cento do arrependimento, porém a Loba não poderá está incluída no pacote, só o velho e o demais, aguardo a indenização por setenta e duas horas, caso não pague, o projeto entrará em ação — o homem falou e desligou o celular. — O juiz aposentado tentou várias vezes religar para o contratado, no entanto as suas tentativas foram em vão, então ele olhou para Lóris, desesperado, e Lóris lhe falou:

— Esses teus matadores são foda, mano, quem são os caras? — indagou Lóris ao amigo, batendo amigavelmente sua mão esquerda no ombro de Fausto, ele sem hesitar respondeu:

— São assassinos profissionais, impiedosos, são ninjas.

— Você os conheceu aonde? Porventura, tu tens algo a ver com as mortes do meu pessoal? — perguntou Lóris ao amigo, com um olhar baixo, e Fausto lhe respondeu:

— Você sabe que eu não tenho envolvimento com isso, seu puto, honestamente você sempre foi minha galinha dos ovos de ouro, não tenho nada a ver, eu descobri esses assassinos, há menos de três meses, quando eu resolvi dar uma bisbilhotada depois de doze anos nas coisas daquele oficial filho da puta, pai dos meus netos, e achei um caderno com vários segredos, um foi a existência desses assassinos, e a existência de um cofre com dez milhões de dólares.

Fausto, depois de falar todas essas coisas, acendeu um baseado de maconha, e Loba tentou impedir, dizendo:

— Não é permitido uso de drogas aqui, tu está pensando que isso aqui é casa da puta que te pariu? — ela falou isso para Fausto, ao mesmo tempo que tentava tomar o cigarro ilícito da mão do infrator, porém ele lhe respondeu:

— Para os infernos com tuas regras, maluca, afinal me encontro em um ambiente que o mais burro aqui faz avião, e tem mais, mocinha, o inocente aqui sou eu, portanto te fode — o juiz aposentado falou isso para Loba, tragando o baseado, e Lóris olhou para Loba e falou:

— Aqui ninguém é bonzinho, e esse filho da puta do Fausto é um maconheiro sem-vergonha, nunca fumou um mesclado, ou tampouco cheirou um cristal, a onda dele mesmo é fumar maconha e tomar whisky — exclamou o pai para filha, sorrindo, e Fausto olhou para Loba e deu uma piscada para ela com o olho esquerdo e lhe perguntou, sorrindo com um ar de sarcasmo:

— Lobinha, vai me dizer que você acredita em Papai Noel?

— Fausto, te fode, o que o Papai Noel tem a ver com isso? Só sei que Deus existe e que ele me ama!

— Te fode também, Loba, vai me dizer que você leu o livro *Trilhas ocultas* e acreditou em tudo que o maconheiro do filho da Dió escreveu?

— Claro que li, no entanto, se ele é maconheiro não sei, mas você é, quando acabar você nem conhece o cara, mano!

— Te fode, lobinha, eu conheço aquele elemento de vários carnavais, inclusive eu desempenei umas paradinhas tortas dele, coisinha leve!

— Fausto, vá para o inferno. Apenas me responda, qual foi a cacetada da indenização exigida pelos teus matadores?

— Ele me pediu cinco milhões de dólares, eu não tenho nem uma *Ana*.[2] O dinheiro com qual eu paguei os caras foi o que eu achei no cofre, dei tudo para eles — respondeu Fausto, ao mesmo tempo que apagava o baseado, e Loba lhe respondeu:

— Você não perdeu tempo ou tampouco poupou dinheiro em busca de vingança?

— Era tudo que eu mais queria na minha vida, eu piamente pensava que vocês tinham matado os meus netos e minha filha, agora me arrependo, esse filho da puta do teu avô nunca me falou nada.

— Creio em você e sei que você fala a verdade, vou pagar a indenização — falou Loba para Fausto, passando a mão carinhosamente na cabeça dele, e Fausto lhe respondeu:

— Só que o chefe dos matadores exige cinco milhões de indenização, porém você não está incluída no pacote, acho que mais alguém quer tua cabeça, pelo que vejo, mocinha, a senhora andou aprontando pesado na porra da vida — o ex-juiz falou com um ar de sarcasmo para Loba, e pediu uma cerveja para Mara, que atendeu seu pedido, enquanto Loba lhe instruiu:

— Não tem importância se eu não estou incluída no pacote do perdão, o importante é que meu avô e os outros estão, isso para mim é suficiente. Você viaja amanhã para pagar ao ninja a indenização, você vai no voo das nove da manhã até Manaus, chegando lá uma de nossas aeronaves vai levá-lo até seu destino final e trazê-lo de volta para o Rio de Janeiro, isto é, se o contratado não te matar — a mais poderosa dos chacais, ao terminar de falar, pegou a cerveja das mãos de Fausto e secou com um só gole, e mandou Mara trazer mais, e Fausto lhe respondeu:

— Para o inferno com tuas profecias pagãs, se eles não me matarem, tu me matarás no meu retorno, ou você pensa que eu vou cair nessa tua que estou perdoado?

— Já te dei a minha palavra, diante dos meus homens, que não matarei você ou tampouco tocarei em você — respondeu Loba, batendo de leve no ombro esquerdo de Fausto, e ele respirou fundo, meio aliviado, perguntou:

— Se você não me matar, teu avô me matará com certeza. — Antes que Loba respondesse, Lóris tomou a frente e lhe assegurou com palavras:

[2] "Sem nem uma Ana", no mundo da malandragem, significa sem um centavo.

— Entenda como quiseres, eu me aposentei, passei o comando para Loba, se ela deu a palavra dela que você está perdoado é porque está, não restam mais dúvidas, seu maconheiro. — Fausto olhou para Loba e compreendeu que ela era agora a senhora absoluta daquele ninho de serpente, então falou para a mesma, a fim de arranca fins lucrativos, ou seja, dinheiro.

— Já que estamos vivendo uma nova administração, acho que mereço um brinde, fofa. A irmandade dos chacais sempre me deu um brinde ao trocar de comando, Nikolai, ao receber o comando do velho Iuri, me deu a minha mansão, Lóris, ao assumir o comando do velho Nikolai, me deu uma Mercedes, e você vai me dar o quê? Afinal, Loba, o carinha que substituiu meu lugar no fórum é marionete minha, ou seja, as transações de vista grossa continuaram sendo feitas através de mim, fofa — perguntou o juiz aposentado para Loba, ao mesmo tempo que acendeu um cigarro Carlton, e Loba lhe respondeu em seguida:

— Nem o caralho, mano, te contenta com o perdão — respondeu Loba, tomando um gole da sua cerveja, e Fausto respirou fundo e sentiu no seu íntimo que realmente estava perdoado, no entanto, com um ar de besta, lhe pediu:

— Pelo menos me pague uma prostituta de luxo, sua porra. — A moça, que lhe assistia, olhou para sua amiga Mara e lhe ordenou:

— Mara, contrate meia dúzia de prostitutas para ele e passagem de ida para Manaus.

— Mara, só uma basta, gosto de meninas novinhas se não for não me interessa, meninas universitárias — disse com voz suave Fausto para Mara, e Loba por sua vez exclamou dizendo:

— Mara, faça tudo conforme as exigências desse tarado.

No dia seguinte, às nove da manhã, Fausto viajou para o Amazonas, ao chegar na cidadezinha, tudo correu segundo as exigências do matador, porém existia uma cláusula posta pelo chefe dos assassinos:

— Muito bem você arcou com a indenização, está livre □ falou o traidor e respondeu em seguida Fausto:

— Não vai querer saber o porquê da minha desistência?

— Não me interessa o teu porquê, só o cumprimento das regras do contrato basta.

— Poderia me dizer por que a Loba não foi incluída no cancelamento? Tem outros interessados em apagar o CPF dela? Ela é apenas uma menina! — perguntou Fausto ao homem, e o interpelado lhe respondeu:

— Digamos que seja algo pessoal, nada de negócios.

— Você nem conheci a menina, por que a odeia tanto?

— Não convém a mim responder, pergunte você mesmo particularmente para ela.

— Tudo bem, adeus — falou Fausto, se despedindo daquele senhor oriental, e o senhor, por sua vez, lhe respondeu:

— Foi muito bom negociar com você, precisando dos meus trabalhos sabe onde me encontrar. Mas lembre-se que em nosso contrato existem regras e as mesmas têm que ser respeitadas. Até breve, vá em paz, e com a rola branquela da iluminação de Buda.

# CAPÍTULO VII

# PROFECIA CONFIRMADA

Cinco semanas depois, Loba pediu para seu avô viajar e com ele os que estavam na lista de encomenda, eles foram se esconder em uma pequena cidade da França, enquanto Fausto partiu em busca da sua filha e de seus netos. Loba viajou para Recife. Aqueles que ela tinha como irmãos, o mais velho e seu irmão mais novo desembarcaram em um aeroporto do Rio de Janeiro, e foram direto para a mansão da Loba, e invadiram o imóvel as altas horas da madrugada, e na invasão mataram vários seguranças, uma chamada telefônica foi dada para o telefônico fixo da mansão, Pedro atendeu e do outro lado da linha uma voz suave conhecida lhe falou com segurança:

— Não tenho medo de vocês, seus filhos da puta, você veio me matar como eu te preveni, poderia te matar agora, mas prefiro olhar nos teus olhos quando eu estiver te tirando tua vida podre, traidor dos caralhos. — Alguém no oculto aperta um botão vermelho de um controle remoto, afastado 50 metros da mansão, esse alguém era Mara, uma rajada de metralhadora é disparada em cima do irmão mais velho, o alvejado despencou ao chão sem vida, Pedro fugiu, Loba perguntou para amiga:

— Conseguiu deixar Pedro fugir?

— Sim, só matei o mais velho, as câmaras estradas na mansão são muitas eficazes, volta logo!

Horas mais tarde, Loba embarcou no primeiro voo e retornou escondida para o Rio de Janeiro, e observou de longe os policiais retirando os corpos da mansão, só depois foi liberada a entrada dos funcionários que ali trabalhavam.

Momento mais tarde, Pedro ligou para seus pais, e sua mãe atendeu:

— Sim, mãe, aquela desgraçada traidora matou meu irmão mais velho, a mansão é cheia de armadilhas — do outro lado da linha, sua mãe, trêmula de ódio, lhe respondeu:

— Fique no hotel, eu mesma matarei essa vagabunda.

Ao entardecer, Pedro se encontrava sozinho na solidão, de sua suíte luxuosa de hotel cinco estrelas, um grande silêncio dominava sua suíte e sua alma, quando uma voz familiar quebrou a monotonia da sua paz.

— Andou pedindo socorro para puta da mãe? Você veio me matar, filho da puta, você vai morrer agora, e matarei toda aquela família amaldiçoada, ante de te matar, quero que você saiba que você foi o amor da minha vida, te amei como uma mãe ama um filho, mas agora um de nós dois vai levar o farelo[3] e tenho certeza que não serei eu — Loba falou com os olhos cheios de ódio, com a espada na mão, Pedro, por sua vez, também desembainhou a sua, e lhe respondeu:

— Vou te matar, vagabunda traidora, você matou meu irmão, quanto ao teu amor por mim, leve aos diabos. — o jovem homem, ao acabar de falar, é atacado mortalmente por Loba, porém ele se esquivou dos golpes mortais da espada assassina daquela que um dia ele chamou de irmã.

O duelo ficou equilibrado por um instante, até que Loba cortou profundamente o braço direito de seu adversário, e repetindo excessivamente vários cortes, até que as mãos dele não suportaram mais o peso da espada e a mesma desabou ao chão junto com ele, que caiu de joelhos aos pés daquela guerreira assassina, Loba, ao vê-lo rendido, se abaixou e lhe abraçou e, em prantos, disse para seu irmão em seus braços:

— Não era para terminar assim, me arrependo amargamente de ter levado você comigo quando te encontrei, eu pensei que você seria para sempre meu amigo. Eu não posso deixar você vivo, se eu deixar você um dia há de vir novamente atrás de mim — ela falou isso para Pedro, em prantos, ao mesmo tempo que fitava seus olhos, e sentia no imo peito o equívoco de tê-lo levado consigo no dia da sua fuga, porém Pedro lhe respondeu:

— Somos guerreiros, não temos o que lamentar, considere minha morte honrada, e siga a tradição dos ninjas, e prove-me que me ama — ele falou isso para sua irmã olhando em seus olhos e curvou a cabeça diante dela, ela sem dizer nada se levantou e decapitou sua cabeça com

[3] "Levar farelo" na gíria paraense significa morrer.

um único golpe. Em seguida, limpou a espada e embainhou, caminhou até o frigobar e pegou uma cerveja, e paulatinamente começou a ingerir apreciando aquele suave sabor. Deu alguns passos até a cama e sentou, e pegou o celular do irmão e ligou.

— Oi, Pedro, tudo bem com você? A mamãe já partiu para Manaus com objetivo de ir até você no Rio de Janeiro — disse o rapaz do outro lado da linha, pensando ser seu irmão Pedro, porém uma voz rouca e debochada lhe respondeu:

— Olha, seu doente mental, vocês fizeram eu matar meu irmão, portanto vou matar também todos vocês, ou seja, a vagabunda da tua mãe e o veado do teu pai — disse Loba ao rapaz e ele, por sua vez, lhe respondeu:

— Você traiu todos nós, agora matou mais dois membros da nossa família, não haverá compaixão para você, traidora — disse o rapaz para moça e a mesma, com um tom agressivo, lhe respondeu:

— Vou acabar com todos vocês, estou a esperar pela vagabunda da tua mãe, vem junto que eu vou te mandar para os quintos dos infernos, e depois vou atrás do traíra desse japonês safado, que aceitou com a puta da mulher dele a encomenda da minha morte — ao terminar de falar ela desligou o celular e fugiu na escuridão com seu uniforme negro.

## CAPÍTULO VIII

# ARREGO AO MESTRE

Passaram alguns dias, os matadores não vieram atrás de Loba, ela se encontrava inquieta, na frente do espelho do quarto luxuoso da sua mansão. Como de praxe, começou a indagar a si mesma, e responder suas perguntas e, por fim, lhe aconselhar.

— Loba, Loba, tu não terás paz enquanto não eliminar todos os teus inimigos, se eles não vieram é lícito que vá até eles — ela falava se olhando no espelho como se estivesse falando com outra pessoa, e respondia suas perguntas apontando a sua caneta vermelha vazada surrada para sua imagem no espelho:

— Sim, minha amiga, você tem que voltar para aquele ninho de víbora, e matar, matar e matar, todos eles.

— Quando você vai?

— Não sei, amiga.

— Por que não vai hoje mesmo?

— Isso, amiga, vou agora. Vou já mandar o piloto preparar esse voo e pousar para mim no santuário do meu mestre, e sei que ele me instruirá com sabedoria.

Horas depois, Loba decola em um avião bimotor e retorna ao Amazonas, e pousa em um campo, nas montanhas onde seu mestre morava, o velho mestre, quando viu o avião pousar a seiscentos metros da sua casa, se sentou em uma cadeira na varanda, e ficou a esperar o visitante e de longe reconheceu Loba, e foi em seu encontro, Loba mandou o piloto ficar a bordo da pequena aeronave:

Ao se aproximarem um do outro, seu mestre lhe falou:

— Eu estava ciente que me procuraria, e fez bem em ter vindo me procurar — disse o mestre a sua discípula, e ela lhe pediu a benção e lhe abraçou e deu selinhos frenéticos em seu rosto, ele lhe abençoou e abraçados caminharam até sua casa. Ao chegar em sua casa, ele lhe serviu uma xícara de chocolate quente sem açúcar do jeito que ele sabia que ela gostava, ela ficou a sorrir para ele, então seu mestre lhe falou:

— Há dias que eu espero por você, sabia que voltaria, fiquei a esperar por você — disse o mestre a sua discípula e ela lhe respondeu:

— Mestre, eles estão atrás de mim para tirar minha vida, eu fui obrigada a matar o Pedro, e o Kuuki, eu não tenho paz, vim pedir teus conselhos — falou a discípula para seu mestre, ele calmamente lhe respondeu:

— Você é uma boa discípula, além de ser a melhor entre todos os ninjas que formei, você honra seu mestre, mesmo sendo uma ninja negra, assim como eu fui, a sua espada é uma espada honrada, seu arco também, então defenda sua vida, derrame o sangue dos teus inimigos e alcance a paz. A mulher do meu irmão está a sua altura para um duelo, portanto seja cautelosa, e fique a vigiar teu espaço depois de vencê-los, porque existe no Japão o filho único biológico, ele é o pior de todos os ninjas negros, com certeza ele já foi avisado e há de vir atrás de você, assim como meu irmão, ele também não honra seu mestre tampouco me dão ouvido — falava o velho mestre a sua discípula quando, de maneira de relâmpago, ele fez sinal de alerta para ela e lhe falou:

— Teus inimigos estão aqui, vamos entrar em casa.

Nesse ínterim, na pequena aeronave, a cunhada do mestre transpassou sua espada no peito do piloto, que tombou no chão sem vida, o velho mestre, com o conhecimento que tinha, analisou o ar e em seguida revelou para sua discípula:

— Observe o cheiro dela no ar, ela está só, sim, está só e acabou de matar alguém, sinta o cheiro de sangue exalar de sua espada — então sua discípula se concentra e responde para seu mestre:

— Sim, eu sinto a sua essência assassina. Mestre, o senhor permite que eu duele com ela?

— Vá, mas nunca esqueça que você é uma ninja negra assassina, se ferir tem que matar, não existe misericórdia depois que um amigo se levantar contra ti e declarar guerra, nunca tente dialogar com um ser ferido, apenas mate, agora vá e seja breve.

Loba, ao sair da casa, uma flecha passou raspando a sua cabeça, porém seu reflexo é excelente e ela consegue desviar se jogando ao chão, disparando seu arco, e sua flecha passou de raspão tirando pedaços da carne do pescoço de sua adversaria, esta, por sua vez, lançou uma bomba de fumaça no chão, desaparecendo por encanto, e em seguida uma flecha do alto de uma árvore é disparada e a mesma atinge em cima da bainha da espada nas costas de Loba, ao mesmo tempo que sua mãe adotiva saltou das alturas em frente da filha com a espada em punho, Loba parte para cima de sua mãe, golpeando freneticamente, porém sua espada encontra apenas o vazio, para sofrer um forte contra-ataque de sua adversária, no entanto seus golpes encontraram barreiras em seu alvo, com uma defesa impecável de Loba, ao mesmo tempo que puxou um punhal secreto do cabo da sua espada e cravou na barriga da sua mãe adotiva, ao cair de joelhos, com as mãos segurando o cabo do punhal enterrado em seu fígado, Loba golpeou seus dois braços, deixando-a indefesa. A filha adotiva hesitou em matar a mãe aos seus pés, porém uma voz mansa familiar rolou... até seus ouvidos:

— Não dê chance ao inimigo, mate-a. — Era a voz de seu mestre, que a orientava, então Loba ultrapassou com sua espada fria o peito daquela que um dia ela amou como mãe, seu mestre fez sinal para ela chamando-a, ao chegar em casa, lhe serviu uma xícara de chocolate quente e lhe advertiu:

— Você não pode parar na frente do inimigo, mesmo que ele esteja rendido aos teus pés, porque você está dando a chance de esperança para o mesmo. Saiba você, o meu bisavô foi um grande guerreiro, só que ele vacilava como você e isso o levou à morte, porque às vezes seu oponente pode ter preparado armadilhas no terreno e poderá estar em cima do gatilho, e o alvo perfeitamente onde ele deseja, um toque ela poderá disparar ceifando tua vida. — O velho mestre continuou pagando cururu[4] na cabeça da sua linda discípula, com voz turva:

— Teu piloto está morto, você sabe pilotar avião?

— Sim, isso aprendi com onze anos, quando eu ia com meus pais para a fazenda, meu pai deixava eu pilotar as pequenas aeronaves e por muitas vezes a decolar e pousar — respondeu a discípula ao mestre e para finalizar lhe falou:

— Eu acho melhor o senhor vir comigo, mestre, o senhor já está velho demais para viver sozinho aqui — disse a discípula ao mestre e ele humildemente lhe indagou com uma voz suave:

---

[4] "Pagando cururu" na gíria é o mesmo que "pagar sapo", ou seja, ficar chamando atenção de alguém de maneira tóxica.

— Digamos que eu vá, poderia um pobre velho camponês no final da vida ser bem recebido por tua família? — perguntou o velho mestre, colando suas mãos uma na outra, e sua discípula lhe respondeu:

— Mestre, o senhor pertence a minha família, o senhor vindo comigo é uma honra para mim, se foi aceito por mim, é óbvio que será também aceito pelos outros membros.

— Sim, eu irei com você, afinal já estou cansado desse lugar — respondeu o mestre a sua discípula, e ela, por sua vez, lhe respondeu:

— Então vamos, eu compro roupas para o senhor quando chegarmos no Rio de Janeiro. — O velho homem pegou na mão da sua discípula e a levou consigo até uma sala onde a luz do sol varava pelas telhas transparentes de fibra e ordenou que a discípula quebrasse a madeira do piso, então ela assim fez, ao quebrar o assoalho de tábuas, começou a cavar até encontrar um piso de alvenaria, o velho mestre puxou uma pequena alavanca que estava escondida dentro de um barzinho de madeira enfeitando a sala, o pequeno piso abriu, o mesmo era feito em cima de uma capa grossa de alumínio, ele mandou sua discípula tirar o baú que repousava dentro da cavidade secreta, ela assim fez, ao abrir o baú em cima da superfície, viu que no seu interior estava abarrotado de joias antigas caras, e muitas pedras de diamantes, ela puxou o outro baú, ao abrir, viu que dentro dele havia uma estranha espada de cabo negro, embainhada em uma bainha negra. O velho senhor lacrou os baús, e os dois fugiram às pressas daquele lugar, levando consigo ambos os baús.

# CAPÍTULO IX

# O GUARDIÃO SECRETO

Vinte dias depois, Loba, estando com seu mestre no jardim da sua mansão, lhe indagou:

— Por que aquela espada estava escondida junto com as joias da tua família? — a discípula perguntou ao seu mestre com voz trêmula, e ele, por sua vez, respondeu com voz mansa:

— Aquela espada foi a primeira forjada no império japonês há mais de três mil anos, tanto a espada quanto as joias são relíquias do Japão e têm que ser devolvidas, só eu e você sabemos desse segredo, nunca passei para ninguém da minha família, nunca confiei em nem um deles, porém em você eu confio.

— Então o senhor é guardião desse tesouro? Os japoneses sabem da existência dessas relíquias?

— Sim, para o povo é apenas uma lenda, porém para o império é real, é passado esse segredo a todos os que assumem o trono japonês, e com esse segredo e senha.

— Senha, que senha?

— Muitos aventureiros tentam enganar o imperador, no entanto nenhum deles chega até o tesouro, porque quando dão o alarme que encontraram as relíquias, a senha é dita para o comandante da guarda do imperador, e a mesma é repassada para ele, se for a senha verdadeira, passagem livre, se não for, é barrado, eu preciso passar a senha para você, eu cheguei à velhice.

— Em vez de me passar a senha, porque nós dois não viajamos para o Japão, posso fretar um avião só para nós dois.

— Você me daria a honra de **meus pés tocarem novamente** o solo da minha pátria antes que a puta da morte me envolva em seus abraços grotescos e frios? — perguntou o mestre a sua discípula em rios de lágrimas, e sua discípula respondeu ao seu mestre com um olhar pálido:

— Sim, e ficaria muito grata se aceitasse eu bancar sua permanência no Japão até o último dia da tua vida. — Seu mestre em prantos envolveu sua linda discípula em seus braços e lhe respondeu:

— Eu gostaria de passar meus últimos dias em Kamakura, nasci e cresci entre aqueles sagrados templos, talvez o imperador queira me indenizar, mas não acho lícito, pelo motivo que para mim foi uma grande honra ter sido o guardião dessas relíquias. — A sinceridade do mestre trasbordou em sua discípula a honra, então ela decidiu impulsionar a razão:

— Também acho, não te preocupes com tua estadia no Japão, dinheiro para mim não é problema, diga-me quando queres ir e eu te levarei? — a discípula fala ao mestre acariciando seu rosto carinhosamente, porém seu mestre lhe respondeu duramente:

— Antes de partirmos, você deverá eliminar os teus inimigos — ela, ouvindo a voz grave de seu mestre, concordou com o mesmo dizendo:

— Sim, mas não irei atrás deles, deixarei que eles venham até mim. — Seu mestre vendo as decisões da sua discípula, lhe assegurou com palavras de apoio:

— Foste sábia em tuas decisões, um guerreiro paciente viverá por muitos anos, e você ainda é apenas uma menina.

# CAPÍTULO X

# VINGANÇA FRACASSADA

Três meses depois, Rio de Janeiro, Copacabana, vinte duas horas e onze minutos.

— Meu filho, hoje nós mataremos os traidores, não teremos compaixão com eles, assim como eles não tiveram conosco — falava o velho senhor viúvo ao seu filho, segurando firme seu braço esquerdo, eles se encontravam sentados na cadeira de luxo de um restaurante, e o filho respondeu ao pai:

— Sim, não podemos fracassar, estamos aptos para isso, treinamos duro para esse momento — respondeu o filho fitando os olhos do pai, e seu pai tirou uma certa quantia de dinheiro e fez sinal para o garçom e lhe chamou, em seguida colocou o dinheiro em cima da mesa, calados se levantaram e prosseguiram seus planos.

Enquanto isso na mansão da Loba, ela se encontrava conversando com seu mestre:

— Mestre isso está quieto demais, estou com um mau pressentimento que vem uma tempestade pesada e das grandes.

— Sim, sinto que meu irmão e seu filho estão aqui. Tenho certeza que ele já avisou seu filho biológico no Japão, eu o treinei desde criança, porém só a você ensinei o oculto, eu tinha receio de traição da parte deles.

— O senhor já me falou dele, no entanto teu irmão e a mulher dele fizeram da existência desse filho biológico um mistério, por quê?

— Meu sobrinho foi designado ao Japão para ressuscitar o clã da nossa família, ele é filho único, tem quarenta e cinco anos, com certeza ele nessas alturas já fez uma grande quantidade de discípulos, todo o dinheiro arrecadado por seus pais é enviado para ele no Japão, quando ele descobrir que você matou a mãe dele e seus irmãos adotivos a coisa vai ficar feia, nessas alturas eu também já fui declarado inimigo por eles. — O velho mestre falou para sua discípula com uma voz suave, e ela, por sua vez, lhe respondeu:

— Sinto muito por ter colocado você nessa confusão toda, não tive intenções de algo assim.

— Você não fez nada de errado, só me provou que eu agi corretamente, passando todos os poderes ocultos dos ninjas negros, teu único erro é hesitar para concluir o final da batalha, isto é um erro grave, poderá te levar ao fracasso.

— Mestre, perdoa-me por essa falha, seguirei de agora em diante cegamente as tuas últimas instruções. — A discípula ainda falava quando seu mestre, de maneira relâmpago, levanta-se do banco da pequena praça do jardim da mansão, e faz sinal de silêncio, para em seguida falar:

— Eles estão aqui. — O mestre e sua discípula correram para o interior da mansão e entraram na suíte luxuosa da Loba, ela pegou duas espadas e deu uma para seu mestre, em seguida apagou as luzes da mansão. Uma flecha rasga a escuridão e passa riscando o peito da Loba, arrancando pedaços do pano de sua blusa marrom. Se não fosse a agilidade de seu mestre em desviar a flecha com a espada em pleno ar, sua discípula seria alvejada. Uma voz macia rola naquela escuridão:

— Vou matar vocês dois, traidores dos infernos. — Os ouvidos experientes de Loba, perceberam que a voz chegava até seus ouvidos rolando na escuridão em zigue-zague, então disparou seu arco quatro dedos acima da linha do chão, um oitavo a sua esquerda, e sua flecha passou raspando a cabeça do seu inimigo, rasgando o véu do seu rosto, e as Luzes voltaram a acender, revelando a presença de quatro pessoas, ambas assassinas, no clarão das lâmpadas artificiais da luxuosa suíte presidencial da moça.

— Então, velho safado, se aliou com a vagabunda da tua discípula traidora e juntos mataram meus filhos, e a minha sagrada guerreira, eu bem sei que este ser pálido, sozinha não venceria a minha esposa — falou o ninja viúvo com voz arrogante, ao lado do filho, e o velho mestre lhe respondeu:

— Você fala demais, e cometeu um grande erro, erro esse que pode ceifar sua vida, isto é, se ela quiser. — O ninja inimigo de Loba, escutando tal coisa, girou a cabeça relâmpago e viu que estava na mira do arco de Loba, no entanto ela apenas falou para seu pai adotivo traidor:

— Não te matarei assim, saia da minha casa com teu filho, e na próxima vez que vieres atrás de mim, para me matar, seja mais prudente. — O ninja recém viúvo olha para seu irmão e recebe um gesto com as mãos que ele e seu filho estão livres para partir.

Momentos depois, o velho mestre, estando a sós com sua discípula, a interpela:

— Você continua me decepcionando com as tuas atitudes de não fazer o que eu mando, por que não matou?

— Não achei necessidade para matá-lo, principalmente na sua frente — respondeu Loba ao mestre, e o mestre friamente, por sua vez, exclamou:

— Não existem mais elos que unam eu e meu irmão, assim como não existem entre você e ele, somos inimigos mortais — o velho homem falou isso a sua discípula com um olhar radiante de ódio. Ela compreendeu que tinha o mesmo pensar que ele, afinal, ela matou o irmão que amava quando ele se levantou contra ela. Então Loba respondeu ao mestre:

— Então o que me aconselha, mestre?

— O meu irmão é um grande guerreiro, a chance de você vencê-lo é pouca, você hesita demais.

— Não cometerei esse mesmo erro novamente, já que ele é maldito para o senhor, serei mais eficiente a partir de agora — ela falou calmamente para seu mestre, quando uma flecha mortal foi disparada em cima dela, ela pegou a mesma no ar e se jogou ao chão, pegando sua espada, e viu seu mestre se apoderando do seu arco e flechas, ao mesmo tempo que ele sumiu diante dos seus olhos. As luzes se apagaram e uma batalha mortal se reiniciou na escuridão. Mãos tateiam a parede lisa no escuro, e as lâmpadas voltam a acender, e Loba está em pleno combate com um ninja desconhecido e seu mestre, ao acender as luzes, surge diante dos presentes com arco e flechas de Loba em suas mãos, e caminha até a geladeira, e pega uma garrafa de vinho e senta-se no sofá luxuoso da suíte, e fica a desfrutar o seu vinho, ao mesmo tempo que aprecia a sua discípula em ação, e vê que o desconhecido é ágil e competente, porém nada faz em benefício de sua discípula, fica apenas a apreciar o duelo mortal.

A batalha é bastante árdua e o desconhecido usa três estilos de combate, porém não é o suficiente para sair vitorioso, Loba invade a guarda do mesmo e corta a coxa esquerda do seu inimigo, ele tenta fugir, porém, ela saca um punhal negro do cabo da sua espada e lança contra as costas do homem, cravando-o em seu ombro direito, e cai de joelhos no piso luxuoso da sala, ela, em vez de terminar com a vida do adversário, hesitou em perguntar para aquele ser ferido:

— Quem foi o mandante? — O inimigo vendo a inexperiência de sua adversária, disparou do cabo da sua espada uma lança e a mesma foi desviada do peito de Loba com uma flecha do arco do seu mestre, então ela ultrapassou o peito do inimigo com a espada, seu mestre mais uma vez lhe advertiu:

— Mesmo que o teu inimigo esteja lançado aos teus pés, ele te vencerá, não há mais nada que eu possa fazer por você, nosso elo acaba aqui, você não é capaz de absorver meus ensinamentos, adeus — o velho mestre falou isso para sua discípula e se retirou, Loba fez algo que nunca havia passado em sua cabeça. Saiu correndo atrás do seu mestre, e lhe suplicou que a perdoasse:

— Perdoa-me, senhor, os meus vacilos, esse meu erro é uma maldita praxe, que eu herdei da minha família, eu sei, se continuar assim, será ele a minha perdição, ajude-me a eliminar essa maldição da minha vida? — implorou Loba ao seu mestre, jogada aos seus pés, porém ele sem hesitar lhe respondeu:

— Os teus vacilos tolos são o selo da tua morte, siga teu caminho conforme teu querer, já não posso fazer mais nada por você — disse o mestre para sua discípula, ela, por sua vez, jogada aos seus pés, chorando humildemente, respondeu com voz rouca:

— Por favor, só mais uma vez te peço, não me abandone agora, eu preciso de você e de teus conselhos. — Ele, por sua vez, se abaixou e, acariciando o rosto da sua discípula, com a voz suave lhe falou:

— Mais uma vez te peço, não pare de atacar teu inimigo enquanto os pulmões dele estiverem se enchendo de ar, porque, mesmo estando rendido aos teus pés, ainda existe nele esperança de vencer, veja você mesma, há pouco você quase perdeu a vida diante da tua ignorância, mais um vacilo seu eu parto e não quero mais vê-la. — Sua discípula, vendo seu mestre perdoá-la, começou a beijar seu rosto, dizendo:

— Sim, amor, eu não vacilarei mais, esse foi meu último vacilo.

Dois dias depois, Loba e seu mestre retornaram para a Amazônia, onde ele revelou todos os segredos de um ninja, Katō Danzō, para sua discípula.

— Prometi ao meu bisavô que nunca passaria esse segredo a ninguém, mas por você eu quebrei meu juramento, porque os inimigos que virão no futuro atrás de você são muito poderosos. Eu estou vivendo os últimos anos da minha vida, afinal, cheguei à velhice, portanto seja maleável e nunca hesite em matar teus inimigos, mesmo que você julgue que já venceu a batalha, há uma diferença entre ganhar uma batalha e vencer a guerra, a vitória particularmente para mim é chegar ao patamar.

— Sim, eu serei a discípula que você sempre sonhou. Existe algo a mais que o senhor gostaria que eu fizesse para que eu seja mais eficaz? — ela perguntou ao seu mestre lhe fazendo reverencia de inferioridade, demostrando respeito a seu guru, ele lhe respondeu:

— Gostaria que você aceitasse a tua amiga Mara como discípula, eu gostei daquele ser pálido. Gostaria também que me perdoasse por eu ter insistido em minhas mentiras em dizer para você que havia te revelado o poder oculto dos ninjas negros — disse o velho mestre com sinceridade para ela, e sua discípula lhe respondeu:

— Farei isso, mestre, farei isso. Pensei que eu soubesse tudo sobre ninjas, já que me titulaste ser uma. Também te afirmo que o senhor fez bem em só me falar a verdade agora, porque eu particularmente não sei nem quem eu sou, porém fizeste eu saber que eu existo!

Loba já se encontrava há mais de quatro meses afastada dos negócios da família, no entanto confiava na competência da sua amiga Mara. Ela se encontrava tranquila nas montanhas, na cozinha do fogão de lenhas, preparando o almoço, e seu mestre estava cortando lenha a oitocentos metros de distância da sua casa, quando uma flecha atingiu o cabo do machado que estava suspenso acima da sua cabeça pronto para golpear a madeira. Uma voz conhecida solta no ar contra o vento, chega rolando até seus ouvidos:

— Você morrerá hoje, irmão, e matarei também aquela safada. Vamos, filho, ataque o traidor junto comigo sem piedade. — Se encontrava o mestre sozinho, seu irmão, o qual se levantou contra ele, estava com seu filho adotivo, acompanhados de mais dois ninjas enviados por seu filho biológico do Japão.

O velho mestre se jogou ao chão e pegou sua espada, enquanto desembainhava a mesma de maneira relâmpago falou:

— Terás o meu sangue, mas derramarei sangue também.  Nesse ínterim ao lado do fogão de lenha, algo no ar chamou atenção de Loba, ela retirou a panela do fogão de lenha, e pegou seu arco e flecha, e sua espada, saiu correndo para o campo e de longe avistou seu mestre rodeado de inimigos, e no piscar de olho ele sumiu diante de todos e golpeou um dos ninjas desconhecidos pelas costas e, ao mesmo tempo, uma flecha certeira atingiu o peito do filho do seu pai traidor, ao cair sem vida ao chão verdejante, um grito de ódio saiu das profundezas da alma do pai ao ver seu filho despencar sobre o solo sem o fôlego da vida, e gritou com voz alta:

— Velho miserável, você e a putinha da Nane morrerão hoje.

Os dois ninjas restantes avançaram em direção daquela máquina surrada assassina, e ele sumiu novamente e reapareceu correndo em direção da sua discípula, que já se encontrava bem próxima dele, e seus inimigos fizeram a perseguição, no entanto, quando ele chegou ao lado da sua discípula, tirou da sua cintura um cantil com vinho, deu um longo gole, em seguida passou o cantil para ela, sua discípula então disse ao seu mestre:

— Agora é comigo, sente-se e descanse e veja o quanto que eu absorvi dos teus ensinamentos — a discípula falou isso para o seu mestre, ao mesmo tempo que lhe devolvia o cantil de vinho, depois de ter dado um longo gole, em seguida afastou com a mão direita o seu velho mestre para trás de si, e caminhou lentamente com arco e flechas em suas costas, e sua espada na mão esquerda em direção dos seus inimigos, ao chegar próximo deles, eles a cercaram, e seu pai adotivo foi o primeiro a atacá-la, porém ela se esquivou dos golpes mortíferos de seu carrasco e contra-atacou, enquanto o segundo ninja a atacou por trás, no entanto existiram barreiras de Loba em sua retaguarda, seus dois adversários atacaram juntos, ela some na frente deles e uma flecha atinge o peito do ninja desconhecido que jaz no chão, Loba disparou outra flecha contra seu pai adotivo, porém ele desviou a flecha com sua espada. Então o ninja falou para aquela que um dia foi sua filha:

— Parece que o velho preparou bem você, vagabunda, joga limpo comigo — falou com voz rabugenta o assassino e ela lhe respondeu:

— Foda-se o teu pensar, sou uma ninja negra e jogar sujo faz parte das minhas técnicas, porém lutarei contigo de igual para igual.

O combate é desenrolado mortalmente, e por duas vezes Loba quase perdeu a vida, ele sumia diante dos olhos dela, e lhe atacava pelas costas, mas ela sabia como se defender diante daquele ataque secreto. Loba se jogou ao chão e disparou seu arco freneticamente, em diversas direções, até que uma das suas flechas cegas atingiu o braço esquerdo de seu oponente, e ele reapareceu diante dela se contorcendo de dor, com as cortinas do olhar embaçadas de ódio, quebrou a flecha do seu braço, ao agarrar com sua mão direita ele ficou desprotegido e uma segunda flecha atingiu sua coxa, outra em seu ombro, ele quebrou a flecha do ombro e quando foi quebrar a flecha que está cravada em sua coxa direita, outra flecha atingiu sua barriga, e ele avançou para cima da sua agressora, desferindo vários golpes, porém tombou de joelhos diante de Sua filha, desta vez ela não hesita, e corta o pescoço do mesmo. Seu mestre observa tudo, ela caminhou até onde estavam as lenhas e colocou dentro do cestão e foi até seu mestre, ao se aproximar, ele estendeu o cantil com vinho, ela pegou e secou com um único gole e devolveu o cantil seco para ele, e caminharam para casa em silêncio, silêncio esse que só foi quebrado quando eles chegaram em seu destino, o velho mestre falou para sua discípula:

— Você foi rápida, o almoço ainda está superquente, vou nem tomar banho, vou logo comer, por favor, traga-me um vinho e traga-me rápido, estou bem com a vida!

CAPÍTULO XI

# OUTROS PLANOS

Quatorze dias depois de voltar ao Rio de Janeiro, Loba entrou com um plano audacioso para crescer mais a renda dos chacais, porém de maneiras lícitas, ela se encontrava a sós conversando com Lóris, ele havia poucos dias retornara para o Brasil com seus capangas:

— O que você achou desse meu investimento? Afinal, o mundo mudou! — perguntou Loba ao pai-avô, ao mesmo tempo que desembrulhava um chocolate sonho de valsa, e seu pai em seguida respondeu:

— Achei muito ariscado, mas racional, eu estou aposentado, no entanto, estudando e me dedicando à magia, conheci um bruxo na Turquia e estou viajando para aquele país, sempre fui louco por magia, hoje tenho tempo para desenrolar esse aprendizado! Administração da família é sua, e, além do mais, estou cansado também de jogo sujo, mas eu achei interessante investir na juventude e em belas artes, jogo sujo está cada vez mais perigoso, nossa economia é estupidamente grande, se você tirar para investir e fracassar, ainda sobrará muito dinheiro em caixa — falou o pai-avô a sua filha, ao mesmo tempo que folheava um livro grosso de magia negra, ela, por sua vez, lhe respondeu:

— É isso que eu penso, vou tentar colocando esse plano em ação, o investimento é baixo, se for promissor, daqui há cinco anos começaremos a nos afastar das coisas ilícitas e nos tornamos uma empresa dentro da lei, eu não quero que teus netos continuem singrando esse mar da perdição — Loba falou isso para Lóris séria, e ele com o rosto transbordando felicidade lhe indagou:

— Você está coberta, Loba? Vem mais um na família é isso? Se isso é real, tu tens meu apoio moral — perguntou o velho homem a sua herdeira e ela chateada lhe respondeu:

— Eu não sou vaca para está coberta, porra, e também não sou mulher para parir filho sem pai, ou tampouco sair distribuindo boceta. Um homem para me levar para cama, esse filho da puta terá que me pegar em um altar de uma catedral, ou caso contrário ele que coma a mãe dele e se foda.

— Loba, você quis dizer com isso que é virgem?

— Claro que sou, minha mãe antes de morrer me orientava muito, tem algo contra?

— Não, fico honrado em saber que você tem juízo, você tem namorado?

— Ainda não tive tempo para arrumar alguém, eu me matriculei no curso supletivo, vou recomeçar meus estudos, eu parei de estudar muito nova, esse ano mesmo eu termino o curso médio e quero fazer uma faculdade de administração, quem sabe talvez na faculdade eu encontre alguém, convidarei a Mara para fazer esse curso comigo, afinal, a branquela é minha melhor amiga — ela falava calmamente, com um brilho nos olhos que revelava a Lóris que sua menina teria um futuro promissor, e ele, estalando os dedos, respondeu:

— A cara-pálida dá tua amiguinha é formada em artes plásticas e sociologia, será que ela vai querer encarar mais uma faculdade? Só sei que a mesma ultimamente está com um namorico insosso com um playboyzinho que tem toda batida de veado — falou Lóris, pitando seu cigarro e sorrindo, e Loba, por sua vez, o censurou:

— Não dei valor ouvindo você falar essas coisas de Mara, ela é minha melhor amiga. Você deveria arrumar uma namorada, mesmo que seja virtual — respondeu Loba para Lóris com um ar sério, porém Lóris lhe respondeu:

— Ti fode, Loba, essa porra de namoro e sexo virtual é para retardado, eu gosto é de sentir o cheiro da fruta entorpecendo o mais profundo do meu ser. — A jovem caiu em gargalhadas ao ouvir isso de Lóris e resolveu impulsionar mais a gozação:

— Um namoro virtual eu particularmente creio que é muito melhor que fazer amor com a puta da solidão[5] — disse a neta ao pai-avô, então o velho senhor respondeu para aquela que ele pensava que não sabia que era sua filha, e sim neta:

---

[5] "Fazer amor com a puta da solidão" significa se masturbar.

— Ti fode, Loba, tu achas que um senhor da minha idade vai perder tempo praticando onanismo?

— Ti fode também, meu bem, masturbação não é para quem gosta. Porém, sim, para quem pode esbanjar tesão, mas tu, amor, se não curtir um oral, está fodido!

# CAPÍTULO XII

# GUARDIÃO E O IMPERADOR

Seis meses depois, Loba viajou para o Japão com seu mestre em voo particular, ao chegar em Tóquio, foram direto para o palácio imperial. Ao chegarem na portaria da segurança, seu mestre se apresentou de maneira elegante:

— Meu nome é Susumu, guardião oficial do tesouro imperial — se identificou o velho mestre, para a guarda do palácio imperial, e um dos guardas chamou seu superior e o mesmo veio até ele, o guarda comunicou o ocorrido, educadamente ele pediu para o velho mestre aguardar um instante.

Momento mais tarde, o oficial retornou acompanhado de um senhor de terceira idade, que se aproximou do velho mestre e mandou que ele escrevesse a senha em um papel amarelo, para em seguida colocar o papel com a senha dentro de um envelope vermelho, e o envelope foi lacrado na frente de todos os presentes da portaria, inclusive, de Loba e de seu mestre. O homem educadamente se retirou junto com o chefe da guarda e foi até o imperador, este, ao abrir o envelope, dá passe livre ao velho mestre, no entanto os seguranças imperiais tentaram barrar a entrada da Loba, uma ligação de dentro do gabinete do imperador foi dada, dando passagem livre tanto para o velho mestre como para sua acompanhante, e com eles tudo que lhe pertencia. Ao chegar na grande sala imperial, o imperador mandou todos se retirarem, ficou apenas seu segurança imperial, o mesmo era conhecedor profundo das artes marciais, o velho mestre se curvou diante de seu monarca, e ele retribuiu as suas reverências de maneiras antigas orientais, o mestre olhou para sua discípula e viu que ela não fez reverência ao imperador, então ela disse ao velho mestre:

— O carinha não é meu rei, porém, sim, o teu. — O imperador educadamente falou ao mestre que estava tudo bem, que aquilo não o ofendia, o velho mestre colocou os dois baús fora das capas provisórias, e o imperador pediu para o velho mestre que abrisse os dois baús, quando ele tirou a capa provisória, revelou aos olhos do imperador uma beleza exuberante, que fez o homem ficar pasmo de ver as molduras antigas do velho caixote, e logo reconheceu que aquele baú e, provavelmente, o outro eram os mesmos dos desenhos que seu pai lhe entregou na velhice, antes de morrer.

Loba ficou encarando o guarda-costas do imperador, o mesmo ficou a fitar os olhos tristonhos dela. O primeiro baú é aberto, e a velha espada imperial é tirada do interior do baú, e o mestre desembainha a velha espada e a entrega nas mãos do imperador, este fica a namorar a mesma, em seguida o outro baú foi aberto e o imperador ficou alucinado diante de tanta beleza, e agarrou o velho mestre e o abraçou, e mandou chamar toda a família imperial, e ofereceu uma grande recompensa para o guardião do tesouro, mas ele não aceitou.

— Tem conta bancaria para que eu possa fazer a transferência, ou prefere em espécie? — perguntou o imperador ao velho Guardião do tesouro, porém ele lhe respondeu:

— A recompensa que eu quero é que o senhor, majestade, permita que eu volte para minha pátria e que possa morar em minha terra natal.

— Sua pátria é aqui no Japão, e sua terra natal onde fica?

— Minha terra natal é Kamakura, ficaria muito feliz se majestade retribuísse esse meu desejo.

— Desejo concedido, há algo a mais que eu possa fazer por você?

— Se não for pedir demais ao senhor, gostaria que fosse permitido a minha discípula vir do Brasil e me visitar quantas vezes ela quiser?

— Desejo também concedido, comprarei uma casa para o senhor em Kamakura, e mandarei aposentar você, afinal trabalhou para o meu império esses anos todos, tem direito à indenização, pelo menos aceite aposentadoria, um não da sua parte seria uma ofensa contra a minha pessoa diante da minha família — exclamou, por fim, o imperador ao velho mestre, e o velho mestre lhe respondeu:

— Que assim então seja - o imperador olhou para a Loba e lhe dirigiu a palavra:

— Sei que fala japonês, afinal seu mestre é japonês. O que eu posso fazer por você mocinha? — perguntou o imperador a Loba, sorridente, ela lhe respondeu:

— Quero lutar com esse fofo, apenas uma demonstração basta — o pedido de Loba é interrompido pela imperatriz que lhe respondeu:

— Pedido negado, mocinha, ele é intocável, não pode ser desafiado. Porém, eu luto com você — a imperatriz falava, ao mesmo tempo que afilava o nariz, e Loba lhe respondeu:

— Com todo respeito, imperatriz, cara-pálida não se garante — disse a discípula do velho mestre com deboche para a imperatriz, o imperador soltou gargalhadas, e o velho mestre advertiu a sua discípula:

— Não foi essa a educação que lhe dei, ofender a imperatriz dentro do palácio. — A imperatriz respondeu para o velho mestre:

— Deixa a cabelinho de mola comigo, aceito seu desafio ou vai amarelar? — A jovem olha para o imperador e ele dá um sim com a cabeça.

E as duas mulheres ficaram no meio da roda, a imperatriz mandou a Loba escolher suas armas e Loba escolheu a espada, e a imperatriz pegou a espada imperial há instantes entregue ao imperador, e o imperador olhou para seu segurança imperial e lhe deu uma sinaleira que era impossível a imperatriz vencê-la, porque o segurança imperial havia duelado com Loba com olhares e se convenceu que ele tombaria aos pés dela. então o imperador falou para Loba:

— Vamos deixar essa demonstração para outra ocasião, em vez de você provar algo, eu simplesmente a convido para servir meu império, você aceita? — perguntou o imperador, com uma voz delicada, para Loba, e ela lhe respondeu:

— Fico muito grata pelo convite, mas eu tenho meus negócios em meu país, porém meu mestre ficaria muito honrado em trazer de volta as sagradas artes de combate japonesas, há tempo esquecidas no Japão — o imperador olhou para o velho mestre e lhe perguntou:

— Aceitaria, Susumu, treinar o teu povo oficialmente, para resgatar nossas antigas praxes?

— Seria uma honra, para mim. — A imperatriz olhou para Loba e lhe perguntou:

— E você, vaso trincado, aceitaria um dia atender um chamado meu se for preciso?

— Será uma honra servi-los se precisar.

— Mandarei dar um passe livre para você entrar em meu país, e entrada livre para falar comigo, quando quiseres, você me provou que é sincera. Agora você e seu mestre são meus hóspedes, vão ficar hospedados aqui mesmo comigo é o mínimo que eu posso fazer por vocês, agora vamos fazer nossa sagrada refeição — disse a imperatriz para Loba, e o imperador deu um sim com a cabeça.

CAPÍTULO XIII

# JUSTIÇA COM AMIGOS

Dois anos depois, Loba está no auge de sua vida, fazendo faculdade, junto com Mara, a mesma se tornou sua discípula. A administração de Loba estava sendo uma das melhores, apesar de pouco tempo de administração, ela fundou em várias cidades do país redes de farmácias e cosméticos e criações de aves, empregando milhares de pessoas direta e indiretamente em todo Brasil.

Depois do seu regresso ela ainda não tinha visitado a antiga lanchonete Fruto da Eva, que frequentava todos os dias na sua adolescência na zona sul, às vezes ela ia acompanhada de Mara, às vezes sozinha, resolveu ir lanchar naquela ambiente de luxo, ela chegou de surpresa e sentou-se na cadeira da mesa dezoito, minutos depois da sua chegada, um vazio dominou sua mente e ela ficou a se perguntar em pensamentos: "Onde está a minha garçonete favorita? Por que ela não veio me atender"? — ela não suportando mais tantas perguntas para si mesma, foi até a gerência.

— Bom dia, onde está a Sílvia, que eu não estou vendo?

— Quem é você, afinal? Talvez ela esteja incluída na lista de um pessoal que saiu, porém já está com mais de nove anos e incluindo o cozinheiro.

— Por que ela saiu? Quem deu as contas deles? — indagou Loba ao gerente e ele com um ar de deboche lhe respondeu:

— Se eu dei as contas desse pessoal foi porque já não me serviam. Agora, sente-se numa mesa e espere sua vez, você indaga demais.

— Olha aqui, caralho, a dona dessa porra aqui sou eu, e quero, e exijo explicações agora. — O gerente, escutando os palavrões da mulher, logo reconheceu que era a Loba.

— Loba, me desculpe não estava te reconhecendo, sabe como é política, eu recebi uma forte ajuda de um deputado, em troca tive que dar arrego para um pedido dele, e tive que demitir alguns funcionários.

— Chame agora a Sílvia e o cozinheiro antigo.

— Loba, já faz nove anos que eles saíram, não sei do paradeiro deles. — Diante dessa resposta, Loba olhou para a sua esquerda e reconheceu um dos garçons antigos e o chamou:

— Você tem o número da Sílvia, e o do Bocó? — perguntou Loba, com voz alta, ao garçom veterano, ele, por sua vez, lhe respondeu:

— Tenho só o dá loirinha, e até sei onde ela trabalha.

— Onde ela está trabalhando?

— Ela vende lanche no centro, a esta hora já está lá e o Bocó trabalha em um pequeno lance no camelódromo, pega aqui, mechas brancas, o número dela, te reconheci logo que te vi, afinal o teu charme, amor, são essas mechas brancas, você sem elas não fica legal — o garçom elogiou Loba, envolvendo a amiga em um abraço amigável, ao mesmo tempo que entregou o celular chamando Sílvia, a mesma ao atender a chamada pensou ser o titular do aparelho, no entanto uma grande surpresa apertou seu peito.

— Fala, narigudo, que queres tu de mim?

— Sou eu, porra, teu macho, está me estranhando?

— Loba, é você, monstrinho da minha vida, você está viva?

— Claro que estou, pega o Bocó e vem para cá, estou a esperar por vocês aqui na Lanchonete da zona sul, ou seja, no Frutos da Eva.

— Loba, eu fui demitida, o carinha aí praticamente me expulsou do lanche, estou passando uma vida de cão, quase todo dia pego carreira dos rapas e tem dia que perco tudo, volto para casa sem nada.

— Já está empregada de novo, você e o veado do cozinheiro, vem agora.

— Se eu largar tudo aqui e o Bocó também, caso o gerente não me aceite, mana, aí eu fico mais fodida, essa merenda de hoje já peguei fiado!

— A dona desse lanche aqui sou eu, tu já esqueceste, cadela?

— Tá, eu estou indo, e vou passar lá com o Bocó. Vou chegar aí a tardezinha, vou andando não tenho dinheiro nem para pagar o ônibus.

— Pega um táxi, teu macho paga, e vem logo, porra, e me dá o número da biba — após falar com a Sílvia, ela ligou para o seu cozinheiro preferido, ele aceitou voltar a trabalhar na Frutos da Eva, Loba olhou para o gerente e falou:

— Quanto ao senhor, gerente, está suspenso por tempo indeterminado. Quantos cozinheiros têm na cozinha? — perguntou Loba ao gerente, ao mesmo tempo que mordia um jiló, ele, por sua vez, lhe respondeu:

— Tem só um, o outro pediu as contas, está faltando um, quanto que os auxiliares de cozinha e garçons, e garçonetes estão completos.

— Então está decidido, Sílvia ficará no teu lugar, amanhã passa aqui para fazer o acerto. — O gerente se levantou sem mais nada dizer e pegou a sua casaca e se retirou, Loba sentou-se no lugar dele e mandou pegar uma cerveja para ela, e ficou a esperar por seus amigos, que chegam às pressas, quando sua antiga garçonete chegou na lanchonete, ela reconheceu Loba de longe, e correu para abraçá-la, dizendo:

— Nossa hoje você é uma mulher e que mulherão linda você se tornou, essas mechas brancas fazem você mais linda, e tuas doidices continuam as mesmas? Eu adoro você, sua putinha. — As duas amigas ficam abraçadas por alguns instantes e o cozinheiro então disse para ambas as amigas:

— Ei, suas sapatas, vocês vão se pegar aqui, vão? — perguntou o recém-chegado com uma voz de sarcasmo, e Loba respondeu sorrindo:

— Bocó, vem aqui com a mamãe sua bicha louca, me dá um abraço. — Os três amigos ficam abraçados por um longo tempo, e o cozinheiro em sarcasmo pegou ambas pelos cabelos e falou:

— Agora, suas putinhas, se beijem. — Elas fugiram dos braços do amigo dizendo:

— Está maluco, veado, nossa praia é o que você gosta, biba. — A patroa ficou sorrindo para o amigo, enquanto sua amiga Sílvia voltou a abraçá-la, dando selinho em seu rosto, dizendo:

— Loba, eu juro, jurando, sentir saudades de você por muito tempo. — As declarações da amiga são castradas com uma voz masculina, dizendo:

— Ei, quem vai pagar o táxi? O taxímetro está correndo! — perguntou o taxista se direcionando à gerência, e o cozinheiro gritando lhe perguntou:

— Quanto te devo, amor? — perguntou o cozinheiro com as duas amigas em seus braços, e o taxista lhe respondeu dando o valor e Loba deu o dinheiro nas mãos do amigo, que repassou para o homem.

Loba pediu para o seu cozinheiro fazer alguma coisa para ela comer, pois estava com fome. Sílvia, no entanto, pergunta para Loba:

— Loba, você sabe que dia é hoje?

— Sim, o teu aniversário, foi por isso que vim aqui só para te dá uns amassos, e entregar a gerência para você, é meu presente de aniversário.

— Loba, eu estou fodida, estou com seis meses com o aluguel atrasado e nem luz tenho em casa, estou morando em uma favela, no subúrbio, ainda bem que não tenho filhos, estou fazendo hoje trinta e três anos. — A patroa, ouvindo a miséria da amiga, lhe respondeu:

— Vou tirar hoje mesmo você da miséria, amor. Agora me diga, quem foi o filho da puta que tirou você do apartamento que eu dei para você? — Loba pergunta isso para Sílvia acariciando o rosto da amiga carinhosamente, e ela em pranto respondeu:

— Foi o gerente, ele me botou para fora depois de cinco meses que você sumiu e anos mais tarde ele me deu justa causa junto com Bocó, o Bocó e eu colocamos na justiça, porém nunca recebemos uma *ana*[6].

— Sílvia, o apartamento é meu e você vai voltar para lá, durma em minha casa hoje, e amanhã vamos pagar todas as tuas dívidas e pegar tuas coisas.

— Loba, eu nem roupa tenho, acabei com tudo, porque todas as vezes que o rapa tomava minha mercadoria eu vendia alguma coisa minha, para recomeçar tudo de novo.

Loba meteu a mão na gaveta e a mesma se encontrava com uma boa quantia em dinheiro, e pegou tudo que estava na gaveta e deu para Sílvia, lhe dizendo:

— Está dispensada hoje, pega meu carro, e vai onde você mora e pague todas as tuas dívidas, e compra umas roupinhas para você, e volte para cá, você vai dormir em casa hoje, o Bocó ainda mora no apartamento que eu dei para ele?

— O Bocó foi o primeiro a ser expulso do apartamento, lá agora mora o sogro do gerente, depois que você sumiu, ele ficou perverso com a gente — a jovem patroa pediu o número do ex-gerente e ligou para o mesmo:

---

[6] Nem uma *ana*, nem um centavo.

— Olha aqui, filho da puta, quero você fora desse apartamento amanhã até meio-dia, e quero limpo. Manda o veado do teu sogro com a família dele vazar também do outro apartamento com toda a cambada dele, e se tu quiseres receber alguma coisa entre na justiça, veado, porém vou ser boazinha com você, vai ajudar a Sílvia e o Bodó a carregar as coisas deles de volta para os apartamentos, e te fode se não for, porque eles mudam amanhã às dezesseis horas, *hasta lá vista, baby* — ao acabar de falar, Loba desligou o celular, e Sílvia falou para ela:

— Loba, eu não tenho nada para carregar, nem fogão eu tenho, o Bocó ainda tem as coisinhas dele, está na casa da mãe dele, só não tem mais o carro.

— Chama esse veado lá na cozinha para mim, agora. — Como de praxe, o cozinheiro ficou a escutar o que não devia atrás das portas, ele correu para o interior da cozinha e disfarçadamente falou alto do lado fogão:

— Muita calma nessa hora, passa fome, já estou servindo teu angu, já estou levando, já chegando...

Momentos depois, Loba, ainda lanchando, mandou o cozinheiro ir com a Sílvia no subúrbio quitar suas dívidas, e escolher móveis para ambos os apartamentos, e um carro para cada um deles. Porém, advertiu, xingou e reclamou sem motivo:

— Mas vou descontar dos salários de vocês, não sou papai Noel, e tu, Sílvia, vai em um salão, dá uma revisão em você, porque tu, amor, está igual um bufalino assombrado na savana fugindo dos leões, e você, veado, vê se a partir de agora faz minhas refeições na hora certa, estão três dias de folga, e amanhã manda alguém trazer suas carteiras para assinar, e tentem localizar o resto do pessoal que o puto do gerente deu as contas deles, hoje mesmo mandarei o contador revisar as indenizações de vocês que há tempo está adormecidas, agora vazem.

# CAPÍTULO XIV

# SEX

Cinco meses depois, ao sair da faculdade de administração, Loba deixou Mara em sua residência e parou em um bar, para comprar um refrigerante, uma flecha na escuridão passou raspando sua cabeça, porém seu reflexo é grande e ela se jogou dentro do carro e pegou sua espada e seu arco e flecha, e saiu do veículo por baixo, por uma passagem secreta. Dois vultos cercam o carro na semiescuridão, uma flecha é disparada do arco de Loba, porém seu alvo é desviado por mão de movimentos relâmpago, e uma chuva de flechas é disparada contra ela, ela rastejante não se afastou dos inimigos, pelo contrário se aproximou pelas laterais e na penumbra viu que eles eram cinco, e julgou não terem tanta experiência, por constatar que ambos se encontravam voltados só para uma direção, de maneira relâmpago disparou duas vezes do seu arco, ambas flechas certeiras nas costas dos inimigos, eles desabam sem vida no chão.

Seus inimigos se dividiram e cercaram-na, ela, por sua vez, usou os poderes de Katō Danzō, e, como encanto, sumiu e reapareceu goleando as costas dos inimigos, até restar apenas um:

O último ninja começou a bater palmas para ela, e por fim lhe falou:

— Realmente você é eficiente, vamos ver agora só nos dois, quero ver se você é o que meu mestre falou, ah, antes que eu me esqueça, o teu mestre é prisioneiro do meu, ele não reagiu, até parece que queria ser mesmo capturado, a está hora o imperador já sabe, e tenho a certeza que ele não pagará o resgate, terás tu de me vencer, e passar pelo exército do meu senhor para resgatá-lo.

Loba partiu para cima do inimigo sem nada dizer, e uma batalha mortal se desenrolou na escuridão, e os choques das espadas foram abafados com o som alto das músicas que rolavam no bar a poucos metros dali.

Loba deu um salto mortal para cima e ao mesmo tempo embainhou sua espada, quando voltou novamente a tocar o chão, foi idêntica uma pantera, em uma das suas mãos estava uma corrente de aço fina, que ela tirou da cintura por debaixo da casaca, corrente com arpões e ganchos em ambas as pontas. O inimigo voltou a atacá-la novamente, ela de maneira relâmpago contra-atacou e um dos ganchos das pontas da corrente rasgou a jugular do seu oponente, finalizando aquele duelo mortal.

Ao terminar o combate, ela calçou luvas em suas mãos e examinou os bolsos de seu último adversário e pegou seu celular, abriu o porta-malas de seu carro, e ficou nua, pegou um galão de água e se lavou, se enxugou e vestiu um short jeans azul curto sem calcinha, e vestiu uma regata sem sutiã, e calçou um tênis sem meia e entrou no carro e estacionou na frente do bar, ao sair de seu veículo tanto homens de bom gosto e mulheres ficaram a apreciar toda sua formosura de mulher, ao entrar no bar foi até ao balcão e pediu uma cerveja, e secou a mesma de um único gole, e pediu outra e secou novamente, e pediu mais uma, ao abrir a cerveja, um homem de meia-idade começou a puxar assunto com ela, ela simplesmente agarrou o homem, lhe roubou um beijo. Ela beijando a boca do homem, ficou a pensar: "para os diabos, a minha inocência" – uma voz grave quebrou a sintonia do beijo.

— Que porra é essa, perdeu a noção? — exclamou a namorada do homem! Os clientes do bar ficaram a gargalhar, e a mulher se levantou e foi até ao balcão, e mandou seu namorado ir sentar na mesa onde ela estava, em seguida pediu duas cervejas e se sentou ao Lado da Loba, e deu uma para ela, e Loba lhe perguntou:

— Vai brigar comigo porque beijei teu homem? — perguntou Loba para a desconhecida, tirando a tampa da garrafa, e a desconhecida lhe respondeu:

— Eu não, eu não sou mulher para brigar por causa de homem, eles que se dane, e além do mais você é uma mulher linda, agora se você fosse mais feia que eu ia pegar porrada os dois — a mulher falava para Loba com um sorriso largo na boca, e Loba lhe falou:

— Estou toda grilada hoje! — disse a recém-chegada para a desconhecida e a desconhecida então lhe indagou:

— Brigou com o namorado? — perguntou a desconhecida para Loba, ao mesmo tempo que dava um gole na sua cerveja, e Loba então lhe respondeu:

— Não tenho namorado, aliás nunca tive.

— Ah, entendi, você gosta de meninas, é isso!?

— Está doida porra, eu sou *hétera*.

— Você só pega homens e descarta, é isso? Afinal, você não tem batida de garota de programa, ou você ainda é tampinha? — diante dessas duras perguntas, Loba deu um longo gole na garrafa de cerveja que chegou a esvaziar a mesma, em seguida pediu mais duas cervejas e por fim respondeu para a desconhecida:

— Sim, eu sou virgem, para ser sincera com você, hoje foi meu primeiro beijo.

— Eu percebi a tua inexperiência, você estava toda atrapalhada com aquele beijo, igual uma adolescente, com seu primeiro beijo de amor, e teus peitos são duros igual uma rocha, nunca foram mamados. Diagnóstico real; você ainda é lacrada! — falou a desconhecida para sua nova amiga, beliscando sua costela, e Loba lhe respondeu:

— E vai ficar assim, até que um filho da puta me pegue das mãos do meu pai em um altar sagrado de uma catedral católica, e me tome como sua legítima esposa. — A mulher ouvindo isso de Loba ficou pasma, nunca tinha ouvido nada igual e lhe respondeu:

— Dona menina, se todas nós mulheres tomássemos essa atitude, o mundo seria muito melhor, olha, foi legal te conhecer, espero te encontrar outras vezes, é difícil eu sair, tenho um filho com meu ex-marido, estou desempregada e faço faxinas para alguns amigos, eu vim de Manaus iludida por ele, ainda grávida ele me abandonou, o Rogério me ajuda muito, é ele que paga meu aluguel, corri atrás de creche e não consegui vaga, meu filho está com três anos, e eu com vinte.

— Esse cara te engravidou quando você ainda era de menor de idade e depois te descartou, triste em saber disso, ele pelo menos paga a pensão do teu filho?

— Não, ele me ameaçou de morte, e me bateu demais, eu fiquei na rua foi quando conheci Rogério, ele tem uma oficina de carro, eu fiquei morando no fundo da oficina, até que começamos a namorar e ele falou para uns amigos universitários que rachavam apartamento para eu morar com eles, eles aceitaram, o Rogério pagava a metade do aluguel, só que os caras eram universitários, há dois meses terminaram a faculdade e voltaram para a sua terra natal, e eu fiquei só, eu trabalho muito fazendo faxina, mas não consigo cobrir todas as minhas despesas, ele me ajuda de mais.

— E o pai do teu filho vive de quê?

— Ele é segurança em uma mansão na zona sul, ele me enganou disse que era solteiro, depois descobrir que ele era casado e tinha uma filha, ela é artista plástica, se eu não me engano ela está fazendo faculdade de administração.

— Você sabe o nome dessa menina?

— O nome dela é Mara, uma branquela linda!

— Caralho, como é o nome do pai do teu filho?

— Mauro Sérgio, ele é branco, loiro, todo grandão — falou de um jeito tristonho, sua nova amiga meteu a mão no bolso do seu short jeans, e tirou um cartão e entregou nas mãos, e lhe falou:

— Esteja amanhã às oito horas nesse endereço, que eu estarei a esperar por ti. — A moça olhou o endereço, e falou para Loba:

— Meu Deus, isso aqui é a lanchonete mais luxuosa da zona sul, eu não me garanto trabalhar no lugar de luxo desse.

— Vai sim, esteja amanhã às oito horas e gosto de pessoas pontuais. — A jovem olhou fixo no cartão e, por fim, perguntou para Loba:

— Seu nome é Loba?

— Sim, porém não mordo, só mato. E você, princesa, como se chama?

— O meu é Priscila, Loba, eu não sei fazer nada, a não ser que seja de faxineira ou ajudar na cozinha.

— Vá amanhã às oito horas.

— Meu filho vai ficar com quem Loba? Porque quando eu vou fazer faxina eu levo o ele comigo, hoje eu saí foi porque a minha vizinha levou o garoto para passear na chácara dela, só que ela chega amanhã cedo.

— Leve o garotinho com você, e para de choramingar. Ei, garçom, traga mais duas cervejas aqui. — O garçom ao entregar as cervejas paras a duas jovens lhes adverte:

— Moças, vocês duas tão bebendo de mais, peguem mais leve ou vão se embriagar. — O garçom era um senhor de uns sessenta anos, sempre calmo e sereno, e Loba lhe respondeu:

— Tem razão, amor, que horas esse bar fecha?

— De quinta a sábado, é aberto direto, só fecha aos domingos, depois das dezenove horas, e só reabre quarta, às dezesseis horas e fecha à meia-noite — informou o senhor garçom com o volume de voz baixa, e Loba, olhou às horas em seu relógio e lhe respondeu:

— Bom, já é tarde, tenho que ir, quanto deu a minha despesa, senhor?

Loba pagou sua despesa e se despediu da sua nova amiga, e foi para sua mansão.

# CAPÍTULO XV

# SURPRESAS E REVELAÇÕES

No outro dia pela manhã, Loba se acordou com o toque do celular, ela olhou para o relógio da parede e viu que já eram onze horas, ao atender o celular constata que deu furo com sua nova amiga:

— Loba, sou eu Marcos, o narigudo, tem uma menina a esperar por você aqui desde a hora que a lanchonete abriu, ela está com um garotinho, eu dei algo para ela e seu filho comer, estavam para desmaiar de fome.

— Certo, narigudo, mande ela me esperar só mais um pouco, já varo, leve-a até o escritório e sirva algo mais para eles.

Loba, em seguida, ligou para Mauro Sérgio e Mara, e pediu para ambos irem para a lanchonete da zona sul.

Uma hora depois, Loba chegou à lanchonete, pediu para Marcos narigudo avisar Mauro Sérgio e Mara para, quando chegassem, irem direto ao escritório.

Loba armou tudo sem pelo menos avisar a sua nova amiga o que ela estava tramando. Pai e filha chegaram juntos, e foram direto para o escritório conforme as orientações passadas. Quando ele entrou no escritório acompanhado de sua filha, seu rosto ficou com aspecto fantasmagórico, e a mesma reação teve a mãe do garotinho, e Loba cinicamente perguntou ao Mauro Sérgio:

— O que foi, Mauro Sérgio, você acabou de ver o diabo ou se encantou com a beleza da loirinha top? Ou será que vai me dizer que nunca na vida viste essa menina? — Mara olhou para o menino e ficou maravilhada com a beleza dele, e correu para abraçá-lo dizendo:

— Nossa, que menino lindo, vem cá vem. — Ao abraçar o garoto, ela se levantou, carregando-o no colo, ao mesmo tempo que perguntou para a desconhecida:

— É teu filho? Qual é o nome dele? — A desconhecida, meio embaraçada, lhe respondeu:

— Sim, é meu filho. O nome dele é Elias, e o meu é Priscila.

— É lindo, ele parece contigo, Loba — Mara falou direcionando seu olhar para Loba, e Loba lhe respondeu:

— Eu acho ao contrário, para mim ele parece com você, afinal, vocês dois são irmãos — Loba respondeu para Mara, estalando os dedos e sorrindo para Mauro Sérgio. Mara, por sua vez, respondeu para Loba:

— Quem me dera ter um filho lindo assim, ou um irmão.

— Ele é teu irmão, pergunta para o cafajeste do teu pai se não é — respondeu Loba com um ar de mistério, piscando seu olho esquerdo para Mauro Sérgio e o mesmo por sua vez respondeu:

— Bom, vocês ficam aí, que eu tenho muito o que fazer — falou Mauro Sérgio querendo fugir da situação, no entanto Loba aos gritos lhe falou:

— Você não vai sai daqui é com nojo. — Mara, ouvindo Loba aos gritos com seu pai, perguntou para ele, ao mesmo tempo que apertava o menino contra seu peito:

— Que porra, pai, esse menino é meu irmão? — perguntou a filha ao pai, fitando seus olhos, e seu pai lhe respondeu:

— Minha filha, filho de vagabunda não tem pai, só porque transei com a vadia, isso não dá o direito de dizer que o filho é meu. — Quando Loba ouviu essas ofensas contra a sua nova amiga, ela deu um salto da cadeira e agarrou o homem pelos braços e lhe falou:

— Olha aqui, seu filho da puta, você iludiu essa pobre menina, que na época tinha apenas dezesseis anos, arrancou a mesma da casa de seus pais e trouxe para Rio de Janeiro, e quando ela engravidou você lançou na rua. — Quando a Mara ouve essas acusações contra seu pai, ela, em prantos, lhe pergunta:

— Isso é verdade, pai? — O Mauro Sérgio ficou calado diante da pergunta da filha, então a Mara direciona o olhar para a mãe do garoto e lhe perguntou:

— Priscila, o que a Loba falou é verdade? — A Loba se irrita com a pergunta de Mara, e lhe falou aos berros:

— Claro que é verdade cacete, e cala essa tua boca e para de fazer tolas perguntas. — Quando Mara ouve os desaforos de Loba, revida à altura:

— Cala boca você, caralho, tá pensando que você é o que, porra? Que saber, Loba, te fode — ela falou isso gritando com Loba, e voltou a perguntar para seu pai:

— Papai, esse menino é meu irmão, ou não? Responde, porra? — O pai vendo o descontrole da filha, sabendo que ela poderia surtar a qualquer instante, abriu de vez o que ele tanto escondia:

— Sim, é seu irmão, estou viúvo mesmo, se quiseres levar para casa está liberada.

Loba, conhecedora das crises de loucura da amiga, correu para pegar um whisky e serviu sem gelo, Mara bebeu de uma só gole, e o pai tirou uma carteira de cigarro do bolso, e acendeu um cigarro e colocou na boca da filha, e ela tragou o cigarro até consumir por completo, o pai com a voz mansa tentou agradar sua filha:

— Branquela do papai, você pode levar teu irmão para casa, agora mesmo viu — a filha com um olhar estranho respondeu para seu o pai:

— Ela vai junto também, ou eu faço uma loucura contigo, e ai de você se tratar ela mau, não me responsabilizo por meus atos — quando ela acabou de falar isso para o pai, olhou para Priscila e lhe perguntou:

— Você mora com alguém.

— Não, moro só eu e meu filho, mas tenho um namorado que me ajuda a pagar meu aluguel.

— A partir de hoje vai morar na minha casa, não aceito não como resposta. — Quando a Loba percebeu que o risco de crise de loucura da amiga passou, resolveu falar:

— Priscila, hoje é sexta-feira, se tu quiseres começar a trabalhar aqui segunda-feira a vaga é sua, tu tens carteira de trabalho?

— Não tenho, nunca trabalhei de carteira assinada — respondeu Priscila, com um tom humilde e Loba olhou para Mara e lhe falou:

— Mara, você poderia dar uma força para ela, e providenciar todos os documentos dela, inclusive uma vaga para ela estudar em um colégio? — perguntou Loba para a amiga, passando a mão no braço de Priscila, e Mara lhe respondeu:

— Sim, vou hoje mesmo contratar uma babá para ele, e você, meu pai, vai arcar com todas as despesas.

— De boa, amor, de boa — respondeu o pai a filha, demostrando mais calma, e Priscila então respondeu:

— Eu nem documento tenho, vim fugida com ele. O único documento que eu tenho é meu registro de nascimento, tá com minha mãe, meus documentos, Mauro Sérgio rasgou todos — Priscila falava meio confusa, então Loba lhe perguntou:

— Qual é o teu grau de instrução Priscila?

— Eu tinha acabado de terminar meus estudos, foi no dia da prova do vestibular que fugi com ele, ele tinha ido fazer um trabalho em Manaus, só não sei que trabalho era, só sei que ele foi e voltou em avião particular. — Loba olhou para Mauro Sérgio e lhe falou baixinho em seu ouvido:

— Cafajeste — depois de xingar o homem, direcionou seu olhar novamente para Mara, e lhe falou:

— Vê se consegue ainda para hoje três passagens para Manaus, para você e para ela e o filho.

— Sim, providenciarei isso ainda para hoje — respondeu Mara, apertando seu irmão em seus braços. □ Quando Priscila ouvi o que a Loba falou para Mara lhe perguntou:

— É para mim ficar de vez em Manaus?

— Claro que não, amor, você vai ter uma semana de folga para tirar todos teus documentos, inclusive os escolares, e aproveitar para ver teus pais e teus irmãos e fazer com que eles conheçam teu filho.

— Meu pai nem tanto, mas minha mãe vai me matar, seria melhor eu ligar para a vizinha, mas eu estou sem crédito. — A moça, ao mesmo tempo que falava, coçava a sua própria nuca e mordia de leve os lábios. Isto é, um louco tique, que ela sempre teve desde criança quando fica nervosa. Loba vendo o nervosismo dela lhe indagou:

— Meu bem, desde quando você fugiu com esse troço aqui, tu nunca deste notícias tuas para os teus pais? — Loba interpelou Priscila apontando a sua surrada caneta vermelha vazada para Mauro Sérgio, Priscila toda atrapalhada respondeu:

— Sabe, Loba, meus pais me amavam muito, eu sou a única filha deles, eu tenho mais dois irmãos, o mais velho nasceu vinte anos antes de mim, o mais novo quinze, eu era muito paparicada e joguei tudo fora por um homem que só queria me usar, ou seja, não passei de um objeto sexual para ele, eu era só uma menina que estudava; até virgem era, cinco meses depois que eu fugi, ele me engravidou, e quando eu estava com cinco meses de gravidez, ele me batia muito, e um dia ele colocou arma na minha cabeça, me ameaçando de morte se eu denunciasse ele, eu já estava com meus dezessete anos, porém ele me engravidou com dezesseis, ele sumiu, quarenta e três dias depois, o síndico do prédio me despejou e eu fiquei na rua, foi quando encontrei Rogério, eu estava dormindo na porta da oficina dele. Ele foi muito bom comigo e nos dias de hoje ele continua o mesmo, aliás melhor porque ele ama o meu filho e registrou o menino como filho dele. — Loba abraçou a jovem amiga, chorando, e tendo a mesma nos seus braços, lhe falou:

— Eu irei com vocês também.

## CAPÍTULO XVI

# PAIXÃO SEM FIM

Três meses depois do regresso delas de Manaus, em meados de julho, Loba conseguiu uma vaga para Priscila na faculdade de direito, a mesma se desempenhou em seus estudos e trabalho.

Mauro Sérgio começou a querer reconquistar o amor de Priscila, no entanto ela sempre o evita, dizendo:

— Eu respeito o Rogério, e você deveria se orgulhar disso, porque, mesmo eu estando grávida de outro, ele me amparou e ama teu filho mais que você, portanto respeite a ausência dele.

— Amor, estou arrependido, por outro lado, eu é que sou o pai do teu filho, estou viúvo, minha filha te ama, se quiseres eu caso contigo, pelo amor de Deus, mulher, volta para mim?

— Não volto é com nojo[7], nem pensar em ser tua mulher novamente, porque eu para você não passei de um objeto sexual, portanto homem, te fode. — Mauro Sérgio tentou abraça-la, porém a jovem fugiu dos seus braços, dizendo:

— E tem mais, se você algum dia brigar com o Rogério quando ele vier me pegar aqui na tua casa, eu sumo com meu filho, entendeu? Eu sumo.

— Isso eu não faço, eu tenho muito respeito por ele, eu quero reconhecer meu filho, isso você vai ter que deixar.

— Porra, Mauro Sérgio, você me bateu me humilhou, me chamava de puta escrota, mesmo sabendo que você tinha sido o único, porra até na minha menstruação tu me comia, não sai de cima de mim por nada, nunca comprou um anticoncepcional para mim, eu, inexperiente, aceitava tudo, sabe por quê? Mesmo eu sendo uma adolescente eu te amava e te

---

[7] Na gíria paraense quer dizer: jamais voltaria para você, sem chance.

desejava igual uma cadela no cio, agora te fode. E tem mais, Filho da puta, quer foder? Pega meu dinheiro, estou trabalhando, pega, cara, vá foder uma putinha barata na rua, é o que meu dinheiro pode pagar para você. — A garota com os olhos em prantos falou isso para o homem, ao mesmo tempo que atirou todo o seu salário na cara dele e saiu correndo para o quarto, ele seguiu a mulher, e bateu várias vezes desesperadamente na porta do quarto, pedindo para ela abrir, porém ela apavorada respondeu:

— Saia daqui, por favor.

— Bora conversar — respondeu Mauro Sérgio educadamente para ela, e Priscila lhe respondeu:

— Eu não tenho mais nada para falar com você, e não vou abrir a porta, a não ser que você arrombe, afinal a casa é tua.

— Não, isso eu jamais faria, afinal, com você aprendi uma dura lição. — O homem, triste da vida, se retirou e foi até a sala e ajuntou todo o dinheiro jogado ao chão, e colocou na frente da porta do quarto de Priscila e se retirou, em seguida foi até a suíte da sua filha, para se lamentar da vida com a mesma:

— Sim, Mara, eu quero reconhecer o teu irmão como filho, fui falar com ela e ela me tratou mal, você vai me ajudar, filha?

— Tudo bem, pai, ajudo sim, vou falar com ela agora. — A filha abraçou o pai e consolou dando selinhos em seu rosto, ele, aproveitando a ocasião, falou para filha:

— Se for preciso, amor, com teu consentimento, eu até caso com ela e assumo como esposa, se você quiser, só se você quiser, deixo tudo nas tuas mãos para decidires sobre minha vida, filha, você sabe que eu fui um bom marido para tua mãe e um pai presente e carinhoso contigo, me ajude, por favor, te peço. — A filha, tendo o pai em seus braços, lhe respondeu:

— Está apaixonado pela loirinha, coroa, está vendo, porra, faz merda a vida toda e agora fica sofrendo. Olha aqui, eu vou falar com a Loba, talvez nós duas conversando com ela pode ser que a gente convença ela casar contigo, mas juro, você nunca mais durante tua vida vai maltratá-la novamente, porque o bicho vai pegar feio para o teu lado, eu te deduro para a Loba.

— Tudo que eu quero é registrar meu filho no meu nome e casar com essa mulher, caso contrário eu piro, fico louco, em ver aquele barbudinho cheirando a graxa se pegando com ela.

— Olha, não vá fazer nada contra o cara, ele ama meu irmão, vamos conquistar esse casamento aos poucos, para te dar uma esperança a Loba está apaixonada por ele, isso eu te garanto, foi ela mesma que me confessou tudo, a maluca até roubou um beijo dele em um bar na frente da Priscila.

— Posso até acreditar que a cabelinho de mola está apaixonada, mas essa dela beijar homem de outra mulher isso é mentira, a Loba pode ser doida, porém ela é uma mulher de bom caráter e nela qualquer um encontra honra.

— Não estou mentindo, foi ela que me falou e por outro lado ela nem sabia quem ele era, foi aí que ela conheceu a Priscila e não rolou mais nada, no entanto é uma luz na tua trilha para chegar até o amor dela, em vez de brigar com o cara, por que não toma uma gelada com ele, afinal eu sei onde é o bar que ele frequenta às vezes às sextas-feiras, aos sábados ele não falha sempre chega lá depois das 21h, se quiseres eu vou contigo e você aproveita e faz amizade com ele e qualquer dia desses convida ele para uma churrascada em casa e eu, do meu lado, levo a Loba.

— Você decide como vai ser, faço só o que você mandar, estou de férias queria viajar eu e você, ela e teu irmão.

Enquanto isso no Beco escuro da vovó, um oriental, cujos traços faciais demostravam ter aproximadamente quarenta anos de idade, pediu passagem à segurança do QG para falar com a Loba, porém ninguém entendia nada do que ele falava, então ele meteu a mão no bolso do paletó e entregou um selo na mão de uns dos seguranças e fez gestos compreensíveis e o segurança pegou o selo e levou para Loba, ela, ao ver o selo, manda-o entrar imediatamente, e ele agradeceu os seguranças de maneiras orientais e os homens de Loba ficaram a sorrir.

Ao chegar no gabinete de Loba, o homem lhe cumprimentou com honras japonesas, em seguida falou algo:

— O Imperador solicita sua presença no Japão, ele precisa de sua ajuda — o mensageiro puxou do bolso paletó com a mão direita um envelope azul lacrado e entregou à destinatária, Loba, ao abrir o envelope, seus olhos tristonhos encheram-se de amargura:

*"O inimigo se aventurou a capturar vosso mestre e teve êxito, ofereci uma grande recompensa para soltá-lo, porém os sequestradores não aceitaram, resta somente você decidir se eu mando soldados armados tentarem resgatá-lo ou você fará segundo as tradições dos ninjas, e tudo ficará em segredo, entre o império e você".*

*Para maior segurança, assino: imperador ... do Japão.*

Loba, ao terminar de ler o bilhete disse para o homem:

— Eu irei com você, sente-se, você está em casa — disse ela para o recém-chegado, e pessoalmente lhe serviu uns drinks e convidou o mensageiro para almoçar com ela em sua Mansão, e o homem ficou hospedado com ela por dois dias.

## CAPÍTULO XVII

# DECISÃO DE HONRA

Três dias depois, Loba passou todo o comando para Mara e partiu para o Japão com destino a Tóquio. Ao chegar ao aeroporto, ela e o mensageiro imperial foram direto para o palácio, ao se aproximar do imperador, tanto ela como o mensageiro se ajoelham diante dele, e a imperatriz, sorrindo com um ar de sarcasmo, falou para ela:

— Vejo que o cavalo selvagem se amansou, bom saber que a luz sempre rasgará as trevas. — Como de praxe, Loba revida, dizendo:

— Minha senhora, antes eu não tinha nem um elo com o imperador, hoje me curvo diante dele por respeito que tenho por ele, hoje sou membro da sua elite da sua guarda pessoal. Porém, não está no acordo que eu não possa lhe dar umas palmadas. — O imperador ficou a sorrir e lhe respondeu:

— Fico muito orgulhoso por você vir resgatar seu mestre, eles só conseguiram vencer porque o doparam, mas seus discípulos lutaram bravamente, no entanto a experiência dos inimigos foi mais eficaz. Mandarei segurança sagrado te acompanhar nessa missão — falou o imperador, e Loba, por sua vez, respondeu:

— Essa batalha é minha majestade, agradeço a vossa ajuda, mas às vezes existem em nossas vidas caminhos que é melhor que a gente trilhe sozinho — disse a jovem, ajoelhada, para o imperador, e o imperador olhou para Loba e lhe respondeu:

— As suas decisões serão respeitadas, aqui estão todas as informações que você precisará para chegar até a seu mestre, antes de você partir para resgatá-lo, gostaria que você acompanhasse minha esposa e minha filha, e meu filho em um passeio ao shop, mas ninguém poderá saber ou tão pouco perceber quem eles são, poderia fazer isso por mim? — perguntou o imperador fitando os olhos de Loba, e ela então respondeu:

— Será um prazer majestade, mas a imperatriz está de acordo com o seu pedido? — O velho senhor lhe respondeu:

— Foi ela mesma quem me pediu — respondeu o imperador, sorrindo, estendendo sua mão direita em direção à imperatriz, e Loba olhou para a imperatriz e a mesma deu um sorriso para ela, ao mesmo tempo que piscou seu olho esquerdo, e Loba retribuiu o sorrindo e respondeu:

— Nossa, que luxo.

Dias depois na ilha de Kyushu, na cidade de Fukuoka, no Japão, um ser com um uniforme negro, camuflado na escuridão, passou despercebido por muitos frequentadores noturnos e com a ajuda de suas ferramentas escalou gigantesca muralha e passou despercebido pelos cães ferozes, como um gato subiu em uma árvore, e ao chegar no topo da mesma se lançou através de uma corda negra, e se agarrou em uma solitária palmeira, como as panteras ela deu um grande salto na escuridão e seus pés, com o impulso do salto, quebraram a janela de vidro da grande mansão, ao penetrar no interior da mesma na escuridão, luzes se acenderam rasgando as trevas, e ela se deparou com dezenas de metralhadoras destravadas em cima dela, eles ficaram a olhar cautelosos para aquela figura estranha, em seguida acorrentaram-na e conduziram-na para uma sala luxuosa, e lançaram-na no chão na frente de um certo senhor, ele ordenou para um de seus homens tirassem o véu da prisioneira, porém uma sinaleira da prisioneira foi dada para aquele senhor, que ficou com o rosto fantasmagórico, e mandou todos se retirarem, seus homens ficaram sem entender nada, no entanto sua ordem foi obedecida, quando ele ficou a sós com a prisioneira, ele deu para ela a sinaleira internacional de chefe e de que família ele pertencia, a prisioneira repetiu a mesma senha em seguida deu outra sinaleira revelando de que família ela era senhora. O mais poderoso da Yakuza se levantou e tirou as algemas de corrente e lhe falou:

— Então, você é a substituta de Lóris? Lembro-me de você quando era apenas uma menina, hoje você é uma mulher, uma ninja negra, não é de estranhar, matar está em teu sangue, se não for pedir demais poderia tirar o véu. — Então seu pedido foi atendido, ao tirar o véu, ele disse para ela:

— A tua beleza é inconfundível, chegar fazer sombra para as outras mulheres, você tem meu respeito e de toda a minha família, seja bem-vinda no QG da Yakuza. Poderia me dizer qual a tua missão na minha ilha?

— Antes de responder sua pergunta, poderia me dar uma cerveja? Já que o senhor não me ofereceu nada. — O homem ficou a sorrir para Loba e, com um ar de um sarcasmo legal, por fim, lhe respondeu:

— Pensei que gostasse de whisky, esse é o boato que corre entre todas as famílias mafiosas, eu irei pegar pessoalmente sua cerveja, ah, esses teus cabelos grisalhos ficam bem em você.

— Eu só tomo whisky, caso tenha fígado fresco. Quer me dar o seu? — ela falou isso para o homem com um sorriso besta no canto da boca, ele, por sua vez, com um olhar simpático e na maciez da voz, lhe respondeu:

— Menina, você é muito louca, gosto de você, sinto inveja de Lóris em ter uma filha linda como você e com garra — o homem falou isso para Loba, lhe entregando uma cerveja de porte médio, e Loba lhe perguntou:

— Quando você soube que Lóris é meu pai, e não meu avô?

— Muito antes dele, você era apenas um bebezinho quando tua mãe morreu, teu irmão Marcos pediu minha ajuda para te resgatar do hospital onde você estava internada. — Loba interrompeu os dizeres do homem:

— Vamos parar com esse assunto, para mim, minha única mãe é Rose, e meu pai o Marcos. Meu senhor, se um dia falar com Lóris, nunca diga para ele que eu sei a verdade.

— Tudo bem, mocinha, afinal, Lóris está aposentado e você é a chefona da maior família, eu tenho respeito por você, mas poderia agora me dizer por que invadiu meu sagrado QG? — perguntou, sorrindo, o mais poderoso da Yakuza, ela sem fazer rodeio lhe respondeu:

— Você tem meu mestre como prisioneiro, tentei invadir teu QG para lhe pedir pessoalmente que o devolva. Diga o valor e eu pagarei — respondeu Loba para o mais poderoso da Yakuza, secando o restante da sua cerveja, o homem foi até a geladeira e pegou mais duas cervejas e deu mais uma para sua visitante, ao entregar a cerveja para ela, lhe respondeu:

— Libertarei seu mestre sem nenhum custo, mas antes é bom que você fique sabendo que o homem que trouxe ele para cá é um ser imoral. Ficaria muito feliz se matasse ele para mim, já que para você ele também é um problema, eu não gosto dele, tão pouco da sua arrogância — o homem pegou o celular do bolso da sua bermuda e fez uma curta ligação, minutos depois seu mestre entra na sala acompanhado de um segurança, que, ao chegar na frente de seu chefe, deu meia-volta e se retirou. Enquanto o mestre de Loba, ao vê-la, fica a sorrir e ela o abraça e beija o seu rosto, o chefe da Yakuza fala:

— Permaneçam aqui como meus hóspedes, até suas partidas. — O chefe da Yakuza, ao terminar de falar, olhou para o velho mestre e lhe perguntou:

— O senhor está bem? Algum dos meus homens lhe insultou? Você está alimentado? — O velho mestre olhou serenamente para o chefe da Yakuza, e lhe respondeu:

— Seus homens são uns amores, se minha menina não viesse me buscar, minha saúde aqui ficaria comprometida e na decadência, eu estava ficando mal acostumando, comendo mais que esmeril. Se não for pedir demais, gostaria de tomar um vinho natura e fumar um porronca[8].

Então foi atendido o pedido do velho mestre, depois de consumir dois litros de vinho, olhou as horas em seu relógio e constatou que ultrapassava uma hora da madrugada, então falou:

— Estou cansado — falou o velho mestre e o superior da Yakuza respondeu:

— Vá dormir, mandarei alguém o acompanhar até uma das suítes de hóspede — respondeu, em seguida, o velho mestre:

— Meu filho, eu estou cansado de ficar parado e de não fazer nada, quero ir para rua e pegar umas dondocas. Loba, minha filha tem dinheiro aí?

— Mestre, o senhor hoje está esticado pra caralho, hem!?

— Tem ou não tem, santa!? — diante da insistência do velho mestre, o chefe da Yakuza lhe respondeu:

— Vamos todos dá uma volta, ainda não é nem uma e meia da madrugada.

— Senhor, não é ariscado demais para mim, e para meu mestre? — O homem, sem falar nada, tirou o celular do bolso e fez outra ligação:

— Quero uma dúzia de seguranças, estou saindo com alguns amigos para beber. — O homem falou isso e guardou o celular e se levantou e fez sinal para eles lhe acompanharem, porém Loba lhe falou:

— Tenho que tirar essas roupas aqui. — Ela tirou todo o seu uniforme, ficando apenas de regata e short jeans, e virou ao avesso seu calçado e o mesmo se transformou em uma suave sapatilha, em seguida meteu a mão no bolso e tirou duas finas palmilhas e introduziu no calçado e calçou, e colocou sua espada e seu arco e flechas dentro de uma capa negra junto com seu uniforme e deixou em um canto da sala, e saiu com seus amigos.

---

[8] Porronca é um cigarro rústico feito de tabaco natural.

## CAPÍTULO XVIII

# INIMIGOS ETERNOS

Alguns minutos depois, ambos sentados nas cadeiras luxuosas artesanais de um bar, o mestre disse ao seu novo amigo:

— Já que me trouxe aqui, pague, meu filho, para mim uma prostituta de luxo? Porque eu estou de lona. — O chefe da Yakuza então respondeu para o velho mestre:

— Qual delas ti agrada? — Então o velho mestre lhe respondeu:

— Gostei daquela novinha ali, e daquela outra, e dessa que está acompanhada do carinha ali. — Loba, vendo seu mestre vacilar em suas escolhas, falou para o mesmo:

— Mestre, por favor, pegue só a novinha. — Então seu mestre respondeu:

— Uma não é suficiente.

— Mestre aquela está acompanhada — falou Loba a seu mestre, a fim de evitar confusão naquele ambiente, porém seu mestre lhe respondeu:

— Quero também a mulherzinha dele, porque ele estava junto com meu raptor, portanto quero também, hoje esse filho da puta vai comer pão com manteiga[9]. — O chefe da Yakuza respondeu:

— Será um prazer atender seu pedido — o chefe falou isso ao velho mestre, em seguida chamou um de seus seguranças e ordenou que chamasse as mulheres para sua banca e não houve nem uma reação. O mestre pegou as mulheres e foi para o quarto.

Duas horas depois, uma flecha certeira atinge o peito do chefe da Yakuza, porém não chegou a tirar sua vida, ele estava de colete a prova de

---

[9] Pão com manteiga, na gíria, significa fazer sexo com uma mulher depois que outro homem ejaculou dentro dela.

bala. Loba se jogou ao chão, puxando o mesmo com consigo, rajadas de metralhadoras foram dadas às cegas em direção do arqueiro. Amarrado na flecha que atingiu o colete do maioral estava escrito:

*"Dois traidores malditos"*

Instante depois, outra flecha é disparada lentamente, com endereço certo, Loba pegou a mesma no ar, e preso na flecha outro bilhete:

*"Lute comigo, dessa batalha só um de nós dois sairá com vida"*

Loba mostrou o bilhete ao chefe da Yakuza, ele, ao acabar de ler, por sua vez olhou para ela, e Loba deu um sim com a cabeça, o chefe meteu a mão no bolso da sua bermuda e puxou seu celular e fez uma ligação, em seguida meteu o celular no bolso e puxou um apito colorido do bolso direito da sua bermuda, deu um longo apito, e todos abaixaram suas armas, momento mais tarde, uma moto preta estacionou próximo do chefe, o motoqueiro lhe entregou uma mochila de couro negro e dentro dela as coisas de Loba, e ela foi até ao banheiro, e todas as Luzes foram apagadas, quando voltaram a acender ela estava na rua, não como Loba, mas como uma ninja, e da escuridão sai uma figura sinistra, com mais dois a seu lado, correram em direção dela, no entanto, um deles é bruscamente parado com uma flecha na coxa esquerda, o atingido quebrou a flecha e arrancou, ela tentou atingir o outro que se aproximou velozmente dela, porém as duas flechas que ela disparou contra seu alvo são desviadas por espada do seu adversário, outros inimigos avançaram para cima dela, no entanto ela sumiu na frente deles e reapareceu golpeando as costas de um de seus agressores, o ferido continuou em pé atacando às cegas, e seu amigo guerreiro veio para socorrê-lo, e começou uma batalha mortal, um dos adversários feridos gravemente nas costas, abandonou a batalha e fugiu na escuridão, enquanto o outro ferido na coxa continuou sua batalha bravamente, ao lado de seu companheiro, das trevas surgiram mais cincos inimigos e, junto com eles, seu verdadeiro mestre; Loba estava encurralada, quando uma figura calejada de tantas batalhas surgiu ao seu lado como um passe de mágica, era seu mestre assassino de outrora, nem ele mesmo sabia dizer quantas batalhas ele travou e escapou com vida, ele, no mais profundo do seu íntimo, estava crente que aquela batalha não seria a sua última, seu inimigo sobrinho de sangue, o qual absorveu seus ensinamentos, lutaria contra ele.

Uma voz ofensiva caiu aos ouvidos do velho mestre.

— Te matarei hoje, velho, e contigo essa vagabunda da Nane — falou o sobrinho ao tio, o insultado, por sua vez, respondeu:

— Tens medo de duelar com minha discípula mais nova?

— Vai ser preciso uma dúzia de velhos e duas de cadelas para equilibrar um duelo contra mim.

— Se te achas tão superior a ela, por que trouxeste discípulos?

— Para eles nunca esquecerem o seu mestre, coisa que você nunca fez por mim, vamos deixar as tuas tolas perguntas de lado, tudo que eu quero agora é matar você e essa putinha. — O inimigo ainda falava quando surgiram mais de quinze de seus discípulos e isso fez com que o mais poderoso da Yakuza interrompesse a batalha, ele, acompanhado de centenas de homens fortemente armados, disse para Loba:

— Não é bom que você lute sem ter deixado sua semente sobre a terra, você é chefe da maior família mafiosa do planeta — o homem falou baixinho no ouvido dela, ao mesmo tempo que chegaram mais que o dobro de seus homens fortemente armados, e, por fim, falou para todos:

— Hoje não haverá mais duelo em minha ilha, Loba está sob a proteção da Yakuza e não é lícito que eu permita que minha protegida seja atacada em minha casa. E você, Kuuki, coisa ruim, eu poderia matar você agora, junto com essa cambada de desordeiros, porém você tem até o nascer do Sol para vazar da minha ilha; quanto a você, Susumu, ou seja, o verdadeiro mestre, bora beber, e você, mocinha, tire teu uniforme de guerreira e bora nos divertir, chega de sangue por hoje — falou sorrindo o mais poderoso da ilha, respondeu o velho mestre ao senhor da Yakuza:

— Tudo é cuti[10] quero vinho e mais mulheres — o chefe da Yakuza olhou para o mestre com o rosto fantasmagórico e lhe perguntou:

— Queres mais mulheres para quê? — perguntou o chefe daquela ilha ao velho mestre, ao mesmo tempo que voltava seu olhar para Loba, o velho mestre, cujo semblante resplandecia o calejado da vida, olhou para o poderoso da Yakuza e, nos fugidos dos olhos e no compasso da voz, lhe respondeu:

— Mano, aquelas não foram suficientes.

Fim.

[10] Cuti na gíria que dizer; tudo é belo, carinhoso fofo.